플라스틱 소녀

Plastic by Sarah N. Harvey

플라스틱 소녀

사라 N. 하비 지음 | 이혜인 옮김

라임

차례

찌질이 변태 자식

브이 라인 얼굴, 우윳빛 피부, 물방울 가슴, 개미 허리, 십일자 복근, 사과 엉덩이, 꿀벅지, 에스 라인 몸매…….

나는 여자의 몸을 품평하는 유행어를 몇 개나 알고 있을까? 당연히 수도 없이 많이 알고 있다. 그렇다면 텔레비전이나 인터넷은 빼고, 열 살 때부터 지금까지 내가 여자의 맨몸을 실제로 본 횟수는? 딱 네 번이다.

첫 번째는 나와 세 살 터울의 사촌, 앰버 누나다. 그 당시 누나는 열다섯 살, 나는 열두 살이었다. 해변에서 옷을 갈아입는 누나에게 수건을 건네주다가 본의 아니게 맨몸을 보게 되었다.

쇼핑센터에서 아기에게 젖을 물리는 아줌마의 가슴을 본 적도 있다. 그리고 체육복을 갈아입는 재니스 헤이워드의 가슴도 보았다. 일부러 본 건 절대로 아니다. 하필이면 그때 재니스의 윗옷이 말려 올라간 덕분(!)이었다.

마지막은 처량맞게도 우리 엄마다.

그렇다면 열 살부터 지금까지 여자의 맨몸을 실제로 만져 본 횟수는? 아쉽게도 빵 번. 앰버 누나는 그때 주먹을 날려 나를 단숨에 때려눕혔다. 쇼핑센터에서 본 아줌마는 나를 발견하고는 담요로 잽싸게 가슴을 덮어 버렸다. 재니스는 나더러 찌질한 변태 자식이라며 욕을 마구 퍼부었다. 마지막으로 여성학 교수인 우리 엄마는 그냥 웃으면서 앞섶을 다시 여몄다.

솔직히 나만 이런 건 아니다. 남자라면 누구나 여자의 몸에 관심이 많으니까. 내게 조금 특이한 점이 있다면, 다른 남자들에 비해 좀 더 체계적이라는 것 정도? 나는 뭐든 공책에 기록하는 것을 좋아한다. 그래서 관심이 가는 것은 늘 공책에 정리해 둔다. 심지어 내 공책들의 목록을 정리해 놓은 공책이 따로 있을 정도다.

다섯 살 때는 애벌레가 내 인생 최대의 관심사였다. 열 살이 되었을 땐 난데없이 화석이 좋아졌다. 열두 살에는 까마귀에 미쳐 있었다. 그리고 열일곱 살이 된 지금은 여자의 몸이 궁금해서 미치기 일보 직전이다. 그렇다고 내가 무슨 스토커 짓을 한다거나, 엄마 몰래

야한 동영상을 본다거나 그런다는 건 절대로 아니다.

내 관심사는 오직 자연 상태 그대로의 몸, 포토샵으로 수정하거나 성형 수술을 하지 않은 여자의 '진짜' 몸일 뿐이다.

나는 관찰력이 아주 좋다. 워런 고등학교에 입학할 때도 그 덕을 톡톡히 본 셈이다. 이래 봬도 우리 학교는 나름 이 근방의 영재들이 모인 곳이다. 그렇다고 호들갑을 떨 것까진 없다. 졸업식에서 입이 떡 벌어지는 미술 작품을 구경하거나 멋들어진 공연을 감상할 일은 전혀 없으니까.

워런 고등학교는 예체능 말고 국영수를 잘하는 애들이 입학하는 곳이다. 우리 학교의 졸업식은 상장 수여식이 전부라 해도 과언이 아니다. 각종 올림피아드 대회에서 제일 높은 성적을 낸 아이들이 상 받는 걸 구경하거나, 누가 누가 장학금을 받고 명문대에 입학한다는 내용의 발표를 지루할 정도로 길게 들은 다음, 다 같이 〈워런이 나아갈 길〉이라는 교가를 부른다.

우리 학교 학생들이 누릴 수 있는 예술은 우리 학교 설립자의 부인이 1927년에 만들었다는 이 노래가 전부다. 그래서 이 근방에서 노래와 춤과 연기에 소질이 있는 아이들은 죄다 비컨 예술 고등학교로 진학한다. 비컨에 다니는 애들은 명문대 스트레스에서 조금 더 자유로우려나.

아! 워런 고등학교에도 예체능 수업이 있기는 하다. 여자애들끼리 모여서 춤을 추거나 시시덕거리다 끝날 때가 대부분이지만. 그러는 동안 남자애들은 벽에 죽 늘어선 채 단어 맞추기 게임 점수로 허세를 부린다.

나? 나는 주로 멀찍이 서서 여자애들이 춤추는 걸 지켜본다. 단어 맞추기 게임에 젬병이기도 하지만, 여자애들은 춤을 추다 보면 으레 노출 사고가 일어난다는 사실을 잘 알고 있기 때문이다. 특히 요즘처럼 여자애들 사이에서 끈 없는 원피스가 유행할 때는 더더욱.

나는 지금 교실에 앉아 작문 수업을 듣고 있다. 내가 쓰고 있는 소설의 주인공은 혈우병에 걸린 남녀 한몸증 환자 알렉스다. 사람들은 흔히 자기가 잘 알고 있는 주제로 글을 쓰라고 권하지만, 내 생각은 그것과는 완전히 다르다.

그건 그렇고, 지금은 멜리사를 관찰하느라 조금 바쁘다. 멜리사의 가슴이 주말 동안에 진짜로 커진 건지, 아니면 오늘따라 특별히 뽕브라 같은 걸 한 건지 알아내려 관찰하는 중이다.

그런데 갑자기 뒤에서 레아가 어깻죽지 사이를 손끝으로 꾹 찌르며 나를 불렀다.

"잭!"

레아는 나에게 여자 사람 친구이다. 맹세컨대 여친은 결코 아니다. 레아는 우리 학교 학생답지 않게 운동을 꽤 잘한다. 농구, 축구, 수영도 모자라 소프트볼 팀에서 투수까지 맡고 있다. 레아가 던지는 속구는 속도로 보나 정확도로 보나 가히 입이 쩍 벌어질 정도다. 뒤에서 이렇게 꾹 찌르는 손끝도 얼마나 매운지 당해 보지 않고는 절대로 모른다.

나는 모른 척하고 다시 멜리사에게 시선을 집중하려 애썼다. 하지만 레아가 또 속닥이는 소리로 나를 불렀다.

"잭!"

이번에는 목 근처를 날카롭게 쿡 찔렀다. 아무리 내 여자 사람 친구라지만, 얘처럼 참을성 없는 인간은 태어나서 처음 본다. 레아의 말에 대답을 했다간 지난번처럼 선생님에게 꾸중을 들을 게 뻔하다. 하지만 이렇듯 무차별적인 공격을 도저히 끝까지 감내할 자신도 없다.

내가 미처 대답을 하기도 전에 내 군청색 스웨터와 흰 셔츠 깃 사이로 쪽지 하나가 쏙 들어왔다. 나는 천연덕스런 얼굴로 목 근처를 느릿느릿 긁적였다. 선생님은 이쪽으로 눈길도 주지 않는데, 괜히 찔려서 크게 하품까지 해 가면서.

선생님은 히틀러의 생애를 다룬 책에 푹 빠져 있었다. 그러고 보니 히틀러가 알렉스와 닮은 구석이 제법 있는 것 같다. 성 정체성에 혼란을 겪는다는 것에서부터 끝내 파멸에 이른다는 점까지. 선생님이 두 인물 사이의 유사성을 제대로 알아봐 줄 것 같지는 않지만. 어쨌든 그렇다.

레아가 준 쪽지를 펴 보니, 뜻밖에도 어느 병원의 처방전 종이다. 하긴, 레아는 의사들 책상에서 처방전을 곧잘 집어 오곤 한다. 이번 처방전 위쪽에는 '로널드 마이어스 의학 박사, 영국왕립외과의사협회 정회원, 재건 수술 전문의'라고 적혀 있다.

재건 수술 전문의라고 하면, 그냥 의사가 아니라 의느님이라도 되는 것처럼 경건하게 느껴진다. 저 멀리 아프리카 수단에 사는, 커다란 눈망울을 가진 가엾은 아이의 구순 구개열을 고쳐 준다든가, 화상 환자의 흉터를 정교한 피부 이식 수술로 감쪽같이 없애 주는 의사들의 감동적인 얘기를 종종 들어서 그런지 모르겠지만.

하지만 의사라고 다 그렇게 사는 건 아니다. 마이어스 성형외과의 명함에는 이런 문구가 새겨져야 마땅하다.

커다란 눈, 갸름한 얼굴, 풍만한 가슴.

사실 레아네 엄마는 마이어스 성형외과의 열렬한 고객이다. 열아홉 살에 처음 코 수술을 받은 뒤로, 이 년에 한 번씩 꾸준히 '작업'에 열중하고 있으니까. 레아 엄마가 평생토록 해 온 작업이라고는 어쩌면 이게 다일지도 모른다. 게다가 보톡스를 어찌나 많이 맞았는지, 얼굴에서 도무지 감정을 읽어 낼 수가 없다.

기분이 좋은 건가? 슬픈 건가? 아니면 화가 났나? 겉으로 봐서는 도무지 알아차릴 방법이 없다. 나는 레아 엄마를 아주 어릴 때부터 알고 지냈는데, 멀리서 보면 여섯 살 때 본 얼굴이나 지금 얼굴이나 거의 똑같다. 물론 좀 더 가까이 다가가 보면 얘기가 완전 달라지지만.

일단 쪽지를 손으로 쓱쓱 문질러 펼쳤다.

야, 오늘 성형 중독자가 어울리지 않게도 집에서 독서 모임을 한대. 나, 너희 집에 피난 좀 가 있어도 되냐?

성형 중독자! 레아는 자기 엄마를 이렇게 버릇없는 별명으로 부른다. 가끔은 인조인간이나 성형 요괴라 부르기도 한다. 그게 무슨 뜻인지 설명하는 건 입만 아픈 일일 뿐……. 내가 우리 엄마에게 했던 가장 심한 말은? 꼴페미! 꼴페미는 꼴통 페미니스트를 말한다. 아마도 내 방 정리정돈 문제로 엄마랑 다투던 중에 그랬던 것 같다.

사실, 우리 엄마는 멀쩡한 페미니스트가 맞다. 꼴페미란 말이 충분히 억울하게 들릴 수 있다. 무턱대고 남성 혐오를 일삼는 부류는 아니니까. 그보다는 남녀 임금 평등이나 임신 중절 합법화, 반전 운동을 적극적으로 주도하는 진짜 페미니스트다.

엄마는 얼굴에 주름이 자글자글하지만, 이마에 치명적인 독소를 넣어 주름을 펴는 대신, 중요한 사안이 걸린 일에 투표나 회의를 하러 가는 데 시간을 쓴다. 레아 엄마와 우리 엄마가 그다지 친한 사이가 아니라는 건 두말할 필요 없다. 하지만 유독 나를 갈굴 때만큼은 신기할 정도로 죽이 짝짝 맞는다. 두 사람이 즐기는 일종의 취미 생활이라고나 할까.

나는 레아에게 엄지를 들어 좋다는 표시를 해 보인 뒤, 얼른 멜리사의 가슴으로 눈길을 돌렸다. 희고 얇은 셔츠의 단추가 세 개나 풀려 있는 것을 보니, 오늘은 조짐이 참 좋다. 한 가지 아쉬운 점은 그 모습을 정면이 아니라 옆면에서 비스듬히 봐야 한다는 것이다.

나는 아주 자연스럽게 멜리사의 발치에 연필을 떨어뜨렸다. 탁! 연필 떨어지는 소리를 들은 멜리사가 내 쪽을 힐끗 쳐다보았다. 나는 몹시 난처하고 미안하다는 표정을 지으며 한껏 과장된 연기를 선보였다.

멜리사는 연필을 주워 주려고 몸을 구부렸다. 드디어 멜리사의 가슴과 내 눈높이가 딱 맞아떨어지려는 찰나! 선생님이 내 이름을 급히 불렀다.

“잭, 무슨 일이니?”

“아무것도 아니에요, 선생님. 연필이 떨어져서요.”

나는 멜리사에게 연필을 건네받았다. 멜리사는 내게서 몸을 휙 돌리더니, 셔츠 속에 손을 넣어 브래지어 끈을 조절했다. 멜리사는 지금 새브증을 앓고 있는 게 분명했다. 새 브래지어 증후군. 새브증의 증상으로는 끈 흘러내림과 와이어 쏠림, 그리고 등살 불거짐 등이 있다.

내가 한숨을 쉬자, 레아가 내 등을 콱 찌르며 나직이 중얼거렸다.

“변태, 찌질이.”

레아는 내 새로운 취미 생활을 아주 못마땅하게 여긴다. 말로는 여성에 대한 비하와 모독이라고 하지만, 내 생각엔 자기 가슴이 작아서 질투심으로 그러는 것 같다.

레아는 내 여자 친구가 아니라 그냥 여사친이니까, 그 점이 딱히 내 마음에 걸리는 건 아니다. 하지만 자꾸만 여자들의 몸이 눈에 걸려드는 건 나도 어쩔 수가 없다. 분석 능력이 뛰어나다는 건, 때때로 저주에 가깝도록 곤혹스럽다.

치즈와 분필

학교 수업을 마치고 집에 갔더니, 엄마가 식탁 앞에 앉아 과자를 먹으며 학생들의 과제물을 채점하고 있었다. 봉지째 뜯어 먹던 과자를 내게 건네며 엄마가 건성으로 물었다.

"잘 다녀왔어?"

"네, 좀 있다 레아가 놀러 오기로 했어요. 그래도 되죠?"

"그럼. 근데 이번 주말은 아빠랑 보내야 하는 거 잊지 마."

우리 아빠는 해양 생물학자다. 마이크 형과 내가 초등학교에 다니는 동안에는 좁은 사무실의 책상 앞에서만 일했는데, 그때는 아주 죽을 맛이었다고 한다. 그래서 지금은 일본과 중국, 브라질 등 세계 곳곳을 누비며, 수산업에 종사하는 사람들의 경영과 사업을 돕고 있다.

오늘은 아빠가 필리핀에서 비행기를 타고 집으로 돌아오는 날이다. 대신 이 년에 한 번씩은 엄마가 아빠를 만나러 간다. 엄마는 아빠가 있는 곳이라면 어디든 날아간다. 언뜻 평범한 부부 사이는 아닌 것 같기도 하지만, 엄마랑 아빠가 좋다면 그만이지 않을까.

두 사람은 대학생 때 시위 현장에서 처음 만났다고 한다. 뭐, 일단 말은 그렇게 하는데, 아무래도 내 생각에는 맥주 파티에서 만나지 않았을까 싶다. 엄마와 아빠는 이가 시리도록 차가운 맥주라면 자다가도 벌떡 일어날 정도로 좋아하니까.

어쨌든 우리 부모님은 불의를 보면 참지 못하는 정의로운(?) 성격이 두 사람의 사랑을 이어 준 큐피드였다는 입장을 여태 고수하고 있다. 그래서인지 우리 집 지하 창고는 그야말로 오래된 시위 팻말 폐기장 같다. 대부분의 팻말은 엄마의 정치적 견해와 아빠의 제작 기술 능력의 합작품이다.

-멸종 위기에 처한 바다표범을 구해 주세요!

-인종 차별주의를 뿌리 뽑읍시다!

-무차별적인 환경 오염으로 기후가 급변하고 있습니다. 지구를 안전하게 지킵시다!

물론 하나같이 중요하고 훌륭한 일인 건 분명하다. 내 어린 시절의 기억에서 가장 선명한 것 중 하나는 '임신 중절 합법화를 위한 집회'에 참여했던 순간이다. 와, 정말이지 분위기 한번 살벌했다.

엄마는 그때 임신 중절 수술 클리닉을 운영하는 여성 단체를 지지하는 입장이었다. 사람들은 그런 엄마에게 서슴없이 침을 뱉으며 욕설을 퍼부었다. 심지어 내가 탄 유모차를 끌고 있는 걸 뻔히 보면서도 태아 살해범이라고 고함을 쳐 댔다.

엄마 곁에는 세발자전거를 탄 어린 형도 함께 있었다. 세월이 지난 후에 생각해 보니, 아마도 엄마가 입고 있던 티셔츠에 적힌 문구가 사람들을 열받게 했던 것 같다.

여성의 의지에 의한 성관계 및 출산과 중절 수술을 지지한다.

거기에 아빠도 함께 있었는지는 잘 기억이 나지 않는다. 하지만 반대편에 선 사람들의 증오심 가득한 얼굴만은 또렷이 기억이 난다. 열한 살 때는 그린피스 시위에 끌려갔다가, 고무보트에서 떨어지는 바람에 물에 빠져 죽을 뻔한 적도 있다.

그 후로 나는 시위라면 무조건 사절했다. 엄마는 지금도 꾸준히 집회에 나갈뿐더러, 내가 함께 가 주기를 은근히 바라고 있다. 톡

까놓고 말해서, 엄마나 나나 한고집 한다.

엄마가 손가락에 묻은 짭조름한 과자 양념을 핥으며 말했다.

"아, 그리고 형한테서 이메일 왔더라. 이번에는 사진도 보냈던데?"

나는 냉장고에서 탄산음료 캔을 꺼내 들고 내 방 쪽으로 걸어가며 대답했다.

"잘됐네요."

엄마가 내 등에 대고 말했다.

"엄마, 6시에 공항 간다. 냉장고에 피자 있으니까 데워 먹어. 아이스크림도 사 놨다."

엄마는 요리에 별 취미가 없었다. 차라리 아빠가 부엌에 들어가야 안심이 되었다. 나는 의자에 털썩 주저앉아 노트북을 켜며 중얼거렸다.

"잘됐네요."

형이 보낸 이메일에는 이미 알고 있는 얘기들만 가득했다. 자기는 멀쩡히 잘 살아 있고, 하와이가 정말로 끝내준다는 것, 그리고 관광객들에게 파도타기 가르쳐 주는 일로 꽤 짭짤한 수입을 올리고 있다는 얘기 등이 적혀 있었다.

하단에 첨부한 사진에 눈길이 조금 갔지만, 그것도 그리 특별한 건 아니었다. 사진 속의 형은 머리를 빡빡 밀고, 왼팔 손목에서 팔꿈치까지 문신을 새로 했다. 복근은 호주에 있을 때보다 좀 더 조각 같아졌다. 마지막 두 장은 형이 어떤 누나의 어깨를 감싸 안고 있는 사진이었다. 가지런한 치아가 눈에 띄는 미인형이었는데, 무엇보다 몸매가 완벽 그 자체였다.

사실 겉모습만 보면 우리 형은 천재와 거리가 멀었다. 하지만 워런 고등학교 역사상 가장 우수한 성적으로 졸업한 학생이 바로 우리 형이었다. 졸업 학기가 되었을 때, 무려 네 군데의 대학교에서 장학금을 지원해 주겠다는 연락이 왔다.

하지만 형은 모두 거절했다. 대신에 엉뚱하게도 나무 심기 운동을 한답시고 여름 내내 코빼기도 안 비치더니, 어느 날 호주행 비행기표를 끊어 훌쩍 떠나 버렸다.

그게 벌써 이 년 전의 일이었다. 엄마랑 아빠는 형에 대해 걱정하지 않는다고 했다. 형은 지금 자기 인생의 길을 찾고 있는 중이라나. 그 길이 어떤 미래로 이어질지 나로서는 당최 알 수가 없다.

마흔다섯 살이 다 되도록 길거리를 전전하는 미래? 아니면 무릎 관절이 다 닳아 없어질 나이에도 싸구려 음식점에서 손님들 시중이나 드는 미래?

엄마는 형과 내가 몹시 다르다고 한다. 마치 분필과 치즈처럼 말이다. 하지만 엄마는 분필도 치즈도 그 나름의 쓰임새가 있다고 말했다.

나는 치즈보다 분필에 가까운 것 같다. 분필은 오래 두어도 상하지 않아서 안심할 수 있고, 또 쓸모가 많아서 유용하기까지 하다. 깡마른 몸에 푸석푸석하고 허여멀건한 피부, 장대처럼 쭉 뻗은 키까지……. 겉모습을 두고 보더라도 내가 분필이다.

사진 속 누나가 형의 여자 친구인지 아닌지는 모르겠지만, 나도 모르게 자꾸만 눈길이 갔다. 나는 속으로 형의 여자 친구에게 첫눈에 반하는 게 뭐 그렇게까지 나쁜 짓은 아닐 거라고 합리화했다.

그때 아래층에서 꽝 하고 문소리가 났다. 레아가 온 게 분명했다. 나는 아래층으로 허겁지겁 달려 내려갔다.

그 순간, 엄마 목소리가 들렸다.

"너, 제정신이니?"

나는 어리둥절한 표정으로 레아와 엄마를 바라보았다.

"무슨 일인데 그래?"

레아는 우거지상을 하고 있었고, 엄마는 기가 차다는 표정으로 고개를 절레절레 흔들었다. 엄마 손에는 지갑과 열쇠가 들려 있었는데, 한시라도 빨리 이 상황에서 벗어나고 싶은 듯 주방 뒷문에 바짝 다가서 있었다.

"레아한테 직접 들어 봐, 잭. 엄마는 빨리 나가 봐야 돼. 아빠가 기다리셔."

레아는 얼굴이 홍당무처럼 벌게져서는 냉장고 문에 잠자코 기대서 있었다. 잠시 후, 엄마 등 뒤로 문이 쾅 닫히는 소리가 났다.

"이게 다 뭔 소리야? 왜 그래? 지금 네 얼굴이 어떤지 아니?"

"애고, 눈물나게 고맙네."

"야, 진지하게 묻는 거야. 너, 정말 괜찮아?"

"너희 엄마께 생일 선물 얘기를 꺼냈더니, 저 난리시지 뭐니? 아까 너도 봤잖아……."

레아는 내게서 얼른 등을 돌렸다. 하지만 흐르는 눈물까지 감추지는 못했다.

눈물은 내게 치명적인 약점이었다. 나는 누가 울면 무작정 따라 우는 울보였다. 어릴 때는 그게 귀여웠는지 몰라도, 지금은 여간 성가시고 곤란한 게 아니었다. 그래도 요즘은 좀 나아진 줄 알았는데, 레아가 서럽게 흐느껴 우는 모습을 보고 있자니 서서히 눈꺼풀 안쪽이 따끔거리기 시작했다. 나는 필사적으로 눈을 깜박이다가, 나중엔 아예 손으로 눈두덩을 꾹꾹 눌렀다.

"생일 선물이 뭐길래 그래?"

레아는 회색 후드티 소매로 콧물을 쓱 닦았다. 내가 눈물에 약하다는 걸 잘 아는 레아가 저렇게 대놓고 울 정도면, 뭔가 엄청나게 속상한 일이 있는 게 분명했다. 비록 금방 그치기는 했지만.

"우리 엄마가 내 열일곱 번째 생일 선물로……."

레아네 엄마? 헉, 느낌이 좋지 않았다.

"뭘 해 주시기로 했는데?"

"코 수술! 진짜 근사하지 않아? 난 완전 감동 먹었는데……."

"너, 제정신이냐?"

레아가 다시 울음을 터뜨렸다. 그렇게 펑펑 울면서 레아는 내 왼쪽 무릎을 아주 정확히 가격했다. 그것도 아주 세게! 덕분에 나도 진짜 울 만한 이유가 생겼다.

엽기적인 생일 선물

레아가 부루퉁한 목소리로 물었다.

"꼭 이래야겠어?"

나는 다리 밑에 베개를 받치고 방바닥에 드러누워 있었다. 무릎에는 빨간 줄무늬 수건으로 감싼 얼음주머니까지 친친 동여매고서.

레아는 너저분한 침대 위에 책상다리를 하고 앉아서 나를 죽일 듯이 노려보았다. 그래도 분이 안 풀리는지, 샛노란 치즈맛 과자를 내 얼굴에 자꾸 던져 댔다. 나는 입을 크게 벌려 과자를 하나씩 받아먹었다.

"너, 네 가지 원칙 몰라? 다리를 다쳤을 땐 휴식, 얼음찜질, 압박, 높이 올리기. 이렇게 네 가지 원칙을 지켜야지. 그러게, 체육 시간에 딴짓 좀 하지 말라니까…….”

“그거 말고, 이 멍청아. 지금 그 얘기를 하는 게 아냐. 내가 하려는 일마다 꼭 그렇게 딴죽을 걸어야 속이 시원하냐고. 그냥 축하 좀 해 주면 안 돼? 다른 사람도 아니고 네가……. 여자만 보면 얼굴이랑 몸매만 밝히는 속물 주제에!”

레아는 별안간 침대에 풀썩 엎드리더니 아래쪽으로 몸을 축 늘어뜨렸다. 그러고는 침대 밑을 들여다보려고 고개를 쑥 내밀었다. 그 바람에 긴 머리카락이 카펫에 닿아서 끌렸다. 뭘 찾는지 뻔했다. 하지만 나도 그리 호락호락하지만은 않았다. 문제가 될 만한 것은 미리 안전한 곳에 숨겨 놓았다.

“웩! 역겨워!”

지독한 감기에라도 걸린 듯, 레아가 코맹맹이 소리를 냈다. 그렇게 펑펑 울고 난 뒤에 거꾸로 매달려 있으면 누구라도 저런 소리가 날 수밖에.

레아는 내가 침대 밑에 처박아 둔 그릇을 하나하나 밖으로 꺼냈다. 동그란 밥공기 하나, 납작한 접시 두 개, 크고 작은 유리컵 세 개, 마지막으로 기름때에 찌든 프라이팬까지.

“세상에, 프라이팬까지! 내가 너처럼 침대 밑에다 쓰던 그릇을 쌓아 놓았다간 우리 엄마 손에 뼈도 못 추릴걸.”

나는 심드렁한 얼굴로 어깨를 으쓱했다. 한쪽 다리를 들어 올린 채로 바닥에 누워 있자니 그것도 쉽지만은 않았다. 불현듯 엄마 손에 잡혀 필라테스 학원에 끌려갔던 기억이 떠올랐다. 여태껏 살아오면서 한 번도 땀이 나 본 적 없는 부위에서 땀이 줄줄 흐르는 기분이 썩 유쾌하지는 않았다.

"엄마랑 나는 일종의 거래를 했거든. 일주일 안에 치우기만 하면 여기에 뭘 갖다 놔도 아무 말 안 하기로. 게다가 엄마는 더러운 그릇 닦는 일이라면 질색을 하셔서, 우리 집 설거지는 어차피 내 담당이야. 결론적으로 쌍방 이득 거래라고 할 수 있지. 엑셀 작업도 다 해 뒀어. 예를 들어 검색창에 '밥공기'를 치면 언제 치워야 되는지 바로 알림이 떠."

"넌 진짜 찌질이야."

레아는 침대에서 미끄러져 내려와, 그릇들을 한쪽으로 밀어 버리고는 내 옆에 나란히 누웠다.

"쌍방 이득 거래? 그런 말을 쓰는 사람이 세상에 어디 있냐? 보통 사람이라면 '윈윈'이라고 하겠지. 보통 사람이라면 다 먹은 그릇은 재깍재깍 치울 거고. 보통 사람은 컴퓨터로 밥풀이 말라붙은 그릇 따위를 표로 만들어서 관리하지 않아. 보통 사람은 자기 절친한테 등 돌리는 짓도 절대 하지 않겠지만."

그때 레아가 내 무릎 밑에 받쳐 놓은 베개를 두 손으로 확 잡아 뺐다. 다리가 쭉 펴진 순간, 나는 급작스레 밀려든 통증으로 소리를 꽥 질렀다.

"엄살떨기는. 그렇게 세게 차지도 않았거든?"

나는 무릎을 살살 움직여 보았다. 얼음 때문에 약간 차갑기는 해도 전혀 아프지는 않았다. 나는 바닥에서 일어나 앉으며 시큰둥한 목소리로 말했다.

"너한테 등 돌린 거 아니야."

조금 전에 레아가 내 얼굴에 던진 과자가 몸을 타고 우수수 떨어져 카펫에 쌓였다. 내 셔츠에는 샛노란 과자 가루가 비듬처럼 덕지덕지 달라붙어 있었다. 나는 신중히 말을 골랐다.

"나는 그냥……."

"멍청하다고?"

"아니."

"재수 없다고?"

"아니."

"짜증난다고?"

"아니, 걱정된다고."

"왜?"

"왜긴, 수술이니까. 마취하고 메스로 째고 실로 꿰맬 거 아냐? 엄청 아프기도 하고, 또 흉터도 남을걸. 그리고 네 몸속에 이물질이 들어가는 거라고."

"의사 선생님이 흉터 같은 거 안 남는다고 했어. 그리고 우리 엄마 말이 그런 수술은 한 살이라도 더 어릴 때 하는 게 낫대. 엄마도 더 일찍 받을 걸 그랬다고 후회하는 중이시란 말이야."

"너희 엄마는 몇 살에 하셨는데?"

우리끼리 하는 얘기지만, 레아 엄마는 당장이라도 코끝이 뚫어질 것 같다. 어릴 때 레아 엄마가 나를 안아 준 적이 있는데, 어찌나 뾰족하던지 코끝에 찔려 볼이 따끔거릴 지경이었다. 게다가 가슴은 또 어떻고……. 자몽처럼 둥그렇게 생긴 가슴이 야구공만큼이나 딱딱했다. 멋모르고 안겼다가 눈하고 부딪쳐서 시퍼렇게 멍이 든 적도 있었다.

그뿐만이 아니었다. 레아한테 들은 각종 시술 종류만 해도 한두 가지가 아니다. 차마 손으로 다 꼽을 수도 없을 정도이다. 엉덩이를 빵빵하게 밀어 올리고, 아랫배에 붙은 지방을 기계로 쫙쫙 흡입하고, 해초인지 다이아몬드인지를 갈아 넣은 농축액으로 얼굴의 피부를 싹 벗겨 내고…….

"열아홉 살."

"흠, 고릿적 얘기네."

레아는 내 얼굴에 베개를 홱 집어 던지더니 자리에서 벌떡 일어났다.

"진짜 안전하다니까! 네가 이렇게 나오리라는 걸 짐작하지 못한 내가 바보지. 난 그래도 너만큼은 이해해 줄 거라고 생각했어. 네가 어떻게 나한테 이럴 수가 있어?"

"나도 이해해. 코가 좀 더 매끈해졌으면 좋겠다는 거잖아. 내 말은 다 자랄 때까지 기다려 보면 안 되겠냐는 거야. 얼굴이 어떻게 달라질지 모르는 거잖아. 안 그래? 왜 그렇게 서둘러서 위험하기 짝이 없는 수술을 받겠다는 거냐고."

레아는 눈물을 펑펑 쏟으며 밖으로 뛰쳐나갔다. 나는 현관문이 꽝 닫히는 소리를 듣고도 바닥에 도로 누워 버렸다. 그러고는 베개를 끌어다 머리 밑에 갖다 대고, 카펫에 떨어진 과자를 몇 개 집어 먹다가 까무룩 잠이 들었다.

얼마나 지났을까? 눈을 번쩍 떴을 때는 아빠가 웃으며 나를 내려다보고 있었다. 내가 비몽사몽간에 침을 닦는 모습을 보고서 아빠가 껄껄껄 웃었다.

"녀석, 참 한결같아서 좋다."

"아빠, 언제 오셨어요?"

나는 잠결에 웅얼거리면서 아빠를 향해 손을 내밀었다. 아빠는 나를 벌떡 일으켜 와락 끌어안았다. 우리 아빠도 나처럼 키가 크고 마른 체형이지만, 나와는 달리 몸이 아주 탄탄했다. 직업상 완벽한 몸 상태를 유지해야 하기 때문이다.

아빠의 일터는 대부분 도시에서 뚝 떨어진 외진 곳들이라, 몇 날 며칠씩 험한 길을 걸어 들어가야 했다. 그래서 아빠는 집에서 쉬는 동안에도 차를 타지 않고 쉴 새 없이 걷고 뛰었다. 솔직히 보는 사람까지 힘들 정도였다.

아빠는 나를 한참 만에 품에서 떼어 내며 말했다.

"엄마가 그러던데, 레아가 성형 수술을 받는다며?"

"네. 그런데 뭐, 말린다고 듣겠어요?"

아빠가 내 말을 듣고 또 너털웃음을 터뜨렸다. 구릿빛으로 그을린 얼굴과 선글라스 자국이 깊게 파인 코허리가 시선을 잡아끌었다.

"여자 친구가 더 예뻐지겠다는데, 싫어하는 사내놈은 이 세상에 너 하나뿐일 거다."

나는 한숨 섞인 목소리로 대답했다.

"우리는 사귀는 사이 아니라니까요, 아빠."

아빠는 웬 뚱딴지 같은 소리냐는 듯 눈썹을 한껏 치켜세웠다. 사람들은 왜 남녀 사이에는 우정이 없다고 생각하는 걸까? 어쨌든 나는 아빠랑 이런 얘기를 더 나누고 싶지 않았다. 아빠는 심심하면 형과 나를 앉혀 놓고, 엄마를 만나기 전에 자기가 얼마나 인기가 좋았는지 허풍을 떨곤 했다. 물론 엄마 말에 따르면, 어디까지나 검증되지 않은 사실이라고 하지만.

아빠는 또 이 세상에서 가장 친한 친구가 엄마라고 너스레를 떨었다. 한때는 연애 박사였다고 그렇게 자랑을 늘어놓더니만, 또 엄마와는 세상에서 가장 친한 친구라고? 나로서는 도무지 이해할 수 없는 얘기가 아닐 수 없었다. 들을 때마다 아리송하기 짝이 없어서 고개를 갸우뚱거리게 만들었다.

하지만 아무려면 어떠랴. 엄마 아빠의 케케묵은 연애사 따위는 관심 사절이었다.

나는 화제를 돌리기 위해 아빠에게 건성으로 물었다.

"아빠, 이번에는 얼마나 있다 가세요?"

"아마 한 달쯤? 주말에 캠핑도 가고 그러자. 너랑 아빠랑 단둘이서만."

"좋아요."

나는 웃으며 고개를 끄덕였지만, 실은 내가 세상에서 제일 싫어하는 게 바로 캠핑이었다. 하지만 아빠가 모처럼 집에 와서 쉬는

첫날에 그런 얘기를 굳이 꺼내서 분위기를 썰렁하게 만들고 싶지는 않았다. 아마도 형이 있었으면 좋다고 방방 뛰어다녔겠지. 반바지를 입고 야외 활동만 할 수 있다면, 형은 만사가 오케이다. 그렇지만 나는 절대로 아니다.

일단 레아를 성형 수술에서 구제해 내기 위해 조사를 시작해야겠다.

찢고 높이고 키우고

음, 어디서부터 시작해 볼까? 당연히 인터넷이지! 나는 우선 검색창에 '성형 부작용'을 입력해 보았다. 맨 위에 뜬 기사는 십 대 청소년의 성형에 관한 내용이었다.

십 대들은 대개 터무니없는 이유로 성형 수술을 결심한다고 한다. 단지 외모에 자신이 없다는 이유로, 좋아하는 연예인이 했으니까, 심지어 이성 친구가 하라고 꼬드겨서…….

기본적으로는 어른들이 몸에 칼을 대는 이유와 크게 다르지 않았다. 문제는 이런 수술을 기꺼이 해 주는 의사들이 이 세상 곳곳에 널려 있다는 것이다.

커다란 눈망울에 또렷한 쌍꺼풀을 만들고 싶다고요? 매몰법으로 라인을 살짝 잡고, 앞트임으로 시원한 눈매를 만들어 드릴게요. 앗, 이런! 눈이 잘 감기지 않는군요? 괜찮아요, 몇 주만 지나면 좋아질 거예요.

아, 양옆으로 튀어나온 사각턱을 갸름하게 만들고 싶다는 거죠? 턱뼈만 조금 깎아 내면 감쪽같아진답니다. 앗, 이런! 아랫입술에 감각이 없어졌군요. 괜찮아요, 몇 주만 지나면 조금씩 살아날 거예요.

나는 성형 수술에 대해 조사를 하면서 몇 가지 새로운 사실을 알게 되었다.

1. 십 대들은 스스로 건강을 해쳐서 병을 얻는 것에 대한 두려움이 별로 없다. 심지어 담배를 피우거나 술을 마시면서도 그렇다. 하물며 성형은 어떠랴. 예뻐질 수만 있다면 부작용이나 위험 따위는 안중에도 없다.

2. 어릴 때 외모 콤플렉스에 심하게 시달리던 사람도 대개는 나이가 들면서 서서히 자신감을 찾게 된다. 이건 성형 수술을 하지 않은 사람도 마찬가지다.

3. 가슴 확대 수술을 받은 환자의 경우, 다른 수술에 비해 자살률이 네 배

나 높다. 그러니 정 수술을 하고 싶다면, 가슴은 그대로 두고 보다 안전한 부위를 고치는 편이 낫다.

4. 보형물은 결코 영구적이지 않다. 훗날 반드시 재수술을 받아야 한다.

5. 성형외과 의사들은 툭하면 상담 받으러 온 사람에게 기형이나 변형 정도가 심하다는 소리를 한다. 풀이하자면 그냥 남들에 비해 코가 조금 낮다거나, 귀가 약간 돌출되어 있다거나, 한쪽 가슴이 다른 쪽에 비해 살짝 크다는 뜻이다. 결국 보는 사람의 관점에 달린 것이므로 그대로 두는 편이 장땡이다.

6. 많이 배우고 유식한 사람이라고 유혹에 빠지지 않는 건 아니다. 똑똑한 사람도 실수를 할 수 있다.

나는 지금까지 알아낸 여섯 가지 사실을 새 공책에 낱낱이 적은 다음, 그 공책의 표지에 '성형'이라고 써 넣었다.

그런 다음 인터넷을 검색하다가 '캣우먼'이라는 여자를 알게 되었다. 나는 그 여자의 사진을 한동안 멍하니 바라보았다. 그 여자는 고양이처럼 보이도록 성형을 하면 남편이 자기를 떠나지 않을 거라 믿었다고 한다. 하지만 남편은 결국 더 젊고 예쁜 러시아 모델과 바람이 났단다.

조사를 하면 할수록 실제로 성형 수술을 한 사람과 만나 이야기를 나눠 보고 싶다는 생각이 들었다. 하지만 레아 엄마나 캣우먼 같은 사람은 안 될 듯했다. 두 사람의 의견은 딱 다섯 자로 요약할 수 있을 테니까. 무조건 찬성!

많은 사람들과 다양한 생각을 나눌 수 있는 방법이 없을까? 요즘 사람들은 어디서 정보를 구하지?

나는 앉은자리에서 블로그 하나를 뚝딱 만든 뒤, '찢고 높이고 키우고'라는 제목을 붙였다. 그러고는 방금 알아낸 여섯 가지 사실을 포스팅했다. 그런 다음 솔직한 경험담을 들려줄 수 있는 사람을 찾는다는 내용의 글을 올렸다.

이제 기다리는 일만 남았다. 막연하게 기다리기가 지루해서 아래층으로 슬슬 내려가 보았다. 레아에게 무릎을 걷어차인 후유증으로 다리를 절뚝거리며 거실로 향했다.

엄마와 아빠가 포도주 한 병과 다 식어 빠진 피자 한 판을 사이좋게 나눠 먹고 있었다. 엄마는 소파 한쪽 끝에, 아빠는 반대편 끝에 드러누운 채 서로의 무릎 위에 발을 올려놓고는 느긋하게 음악을 감상하는 중이었다. 탁자 위에는 피자 박스와 빈 포도주 병이어지럽게 널려 있었다.

한마디로 엄마 아빠는 술에 완전히 절어 있었다. 그렇다. 이게 다 아빠가 돌아온 지 세 시간 만에 벌어진 일이었다. 사실은 아빠가 집으로 돌아올 때마다 일어나는 일이기도 했다. 첫날은 으레 이렇게 진탕 술을 마시고, 둘째 날부터는 평상시로 돌아가는 일이 늘 반복되었다.

평소에는 자기 전에 맥주나 포도주를 한 잔 정도 가볍게 마시는 수준이니까 알코올 중독이라고까지 할 수는 없다. 엄마랑 아빠는 그냥 오랜만에 만난 반가움을 표현하고, 아빠의 무사 귀환을 축하하고 싶은 것뿐이다.

아빠가 나를 향해 팔을 휘휘 흔들었다.

"잭잭아! 이리 와서 아빠한테 얘기 좀 해 봐."

엄마는 키득키득 웃으며 발가락으로 아빠의 허벅지를 꾹 찔렀다. 오늘 새로 발톱에 바른 듯한 파란색 매니큐어가 눈에 확 띄었다.

엄마가 말했다.

"잭이 여길 어떻게 끼겠어? 덩치가 산만 해졌는데."

아빠는 그 말이 엄청 웃겼는지, 용이 불을 뿜듯 콧구멍으로 포도주를 발사했다. 엄마는 엄마대로 또 그걸 보고 한바탕 웃음이 터졌다. 이럴 때 내가 할 수 있는 일은 그냥 못 본 척하고 내가 하고 싶은 말을 내뱉는 것뿐이다.

"딱히 할 얘기도 없어요."

이럴 때 엄마와 아빠를 보면, 꼭 두 살배기 아기 같다는 생각이 든다. 까르륵까르륵! 금세라도 숨이 넘어갈 듯 웃다가도, 어느새 곤히 잠이 들어 버리고 마니까.

내일 해가 중천에 뜨면 엄마와 아빠의 또 다른 하루가 시작되겠지. 진한 커피를 물처럼 들이키며 구운 토스트 너머로 뭔가 찔리는 듯한 눈빛을 주고받을 거다. 물론 저녁이 되면 언제 그런 일이 있었나 싶게 평범하디평범한 일상으로 돌아갈 테지만.

그 덕분에 형과 나는 어쩔 수 없이 기다리는 법을 배워야 했다. 엄마와 아빠도 때로는 즐기며 살아야 하니까.

하지만 이번만큼은 대화할 사람이 필요했다. 평소라면 레아하고 이야기를 나누겠지만, 지금은 어림 반 푼어치도 없는 일이었다. 레아는 화가 머리끝까지 나 있는 상태이기 때문이다. 나는 피자 한 조각을 챙겨 들고 방으로 돌아가 형에게 이메일을 보냈다.

오늘 아빠 오셨어. 그다음엔 안 봐도 비디오지? 엄마랑 아빠 또 뻗었다. 형, 나 지금 성형 수술에 대해 조사하는 중이야. 처음부터 설명하자면 너무 길어.

간단히 말하면, 레아 엄마가 레아한테 열일곱 번째 생일 선물로 코 수술을 해 주시겠대. 정말로 끔찍한 생각이지 않아? 형, 내 블로그 주소 알려 줄 테니까 한번 들어와 봐. 근데 사진 같이 찍은 누나는 누구야? 진짜 예쁘더라.

아무튼 블로그 보고 나서 꼭 연락해 줘.

나는 마지막으로 '형의 동생 잭'이라고 쓰고 나서 '보내기' 버튼을 클릭했다. 그러고는 댓글을 확인하러 블로그에 들어갔다. 글을 올린 지 어림잡아 두 시간 남짓밖에 되지 않았는데도 댓글이 스물두 개나 달려 있었다.

그중에서 익명의 댓글 다섯 개는 성형 수술 지지자들이 단 것이었다. 그리고 네 개에는 음란 사이트 주소가 링크되어 있었다. 꽤 수상하고 위험해 보이는 댓글도 여섯 개나 되었다. 대부분은 자신이 믿는 종교를 전도하거나, 만나자며 나를 꾀어내거나, 돈을 달라고 꼬드기는 내용들이었다.

그 세 가지 일을 한 번에 해내는 천재적인 사람도 있었다. 누군지 몰라도 자기한테 이만 원만 보내 주면 자기 동네 사이비 종교 집단의 신도들을 한꺼번에 만나게 해 주겠다고 했다.

나는 연속으로 삭제 버튼을 눌렀다. 이제 딱 일곱 개의 댓글이 남았다. 다섯 명의 아줌마와 내 또래 여자아이 두 명이 자못 끔찍한 이야기를 들려주었다. 자신의 말을 증명하기 위해 사진도 함께 올렸다.

처음 그 사람들의 이야기를 읽고 사진을 볼 때는 금방이라도 토할 것 같았다. 그러다 가슴이 아파 왔다. 나중에는 분노가 치밀었다. 한쪽에서는 눈먼 사람들이 스스로 뼈와 살을 깎고 있고, 다른 쪽에서는 이들을 이용해 어마어마한 돈을 쓸어 담고 있다니.

이대로 두고 볼 수는 없다! 나는 주먹을 꼭 쥐었다.

선의의 거짓말

다음 날은 점심 시간이 되자마자 도서관으로 달려갔다. 그리고 컴퓨터 앞에 앉아 우리 동네의 성형외과 목록을 검색했다. 병원이 꽤 많았는데 의사는 죄다 남자였다. 나는 우선 레아 엄마가 수술했다는 마이어스 성형외과부터 찾아가 보기로 했다. 그러고 나서 아무 병원이나 두 곳을 더 골라 예약할 참이었다.

상담 분야는 코 수술로 정했다. 내 코가 마음에 안 들어서 그러는 건 아니었다. 비록 코허리가 툭 불거지기는 했어도 그런대로 마음에 들어 하며 지냈다. 네 살 때 형이 타다가 휙 내팽개친 그네에 맞아서 이렇게 되고 말았지만.

그때 형은 자기가 아끼는 배트맨 망토를 내가 멋대로 입은 게 화가 나서 그런 식으로 분풀이를 했다고 한다. 그런데 나는 그 당시에 배트맨이 누구인지도 몰랐다.

나는 세 곳에 차례대로 전화를 걸어서 상담을 받고 싶다고 말했다. 그중에 내 나이를 물어보는 병원은 한 군데도 없었다. 모두들 다음 주 내로 무료 상담을 해 주겠다고 했다. 일단 여기까지는 성공이었다.

나는 레아에게 내가 무슨 일을 하려는지 말해 주고 싶었다. 하지만 레아는 나하고 말 한마디 섞으려 들지 않았다. 거기에다 대고 이런 얘기를 늘어놓으면 불난 집에 기름을 끼얹는 꼴이 될 게 뻔했다.

주말에는 아빠와 함께 시간을 보냈다. 하지만 놀기만 한 건 아니었다. 머릿속으로는 의사들에게 물어보고 싶은 것들을 끊임없이 떠올렸다. 덕분에 수요일 무렵에는 노트북에 질문 목록을 깔끔하게 정리할 수 있었다.

학교에는 미리 위조 문서를 그럴듯하게 제출해 두었다. 아빠와 연어 양식장으로 현장 학습을 가느라 학교에 이틀간 빠지겠다는 내용이었다. 다행히 우리 학교는 부모님과 함께하는 체험 학습에 아주 관대한 편이었다. 괜히 아빠까지 끌어들인 것 같아 께름칙한 기분이었지만, 나로서는 달리 방법이 없었다. 선의를 위한 희생이라 여기는 수밖에.

첫 인터뷰 대상이 된 의사의 이름은 마빈 톰슨이었다. 톰슨 성형외과는 낡은 아파트 단지 내 상가 일층에 자리하고 있었다. 나는 강력 접착테이프를 덕지덕지 발라 놓은 대기실 의자에 앉아 초진 신청서를 작성했다. 대기실은 여자 환자들로 복작복작했다. 내 또래로 보이는 여자아이와 중년 아줌마, 뚱뚱한 여자, 마른 여자, 가슴이 납작한 여자, 가슴이 큰 여자…….

다들 내가 남성과 관련된 하찮은 문제 따위로 의사의 시간을 낭비하러 왔다고 생각하는 듯 못마땅한 눈초리를 보냈다. 나는 막연히 톰슨 선생님이 영화나 드라마에 나오는 남자 주인공처럼 멋지게 생겼을 거라고 상상했다. 조각 같은 턱선과 베일 듯이 오똑한 콧날, 잘 다져진 근육질 몸매.

하지만 내게 손을 내밀어 악수를 청하는 책상 너머의 아저씨는 그런 모습과는 거리가 매우 멀었다. 두툼하게 겹치는 턱살과 광대 같은 주먹코, 반짝이는 민머리, 털이 수북한 손과 팔. 심지어 흰 가운도 걸치지 않은 반소매 차림에 농구공처럼 불뚝한 배가 티셔츠의 체크무늬를 한결 돋보이게 만들었다.

중이 제 머리 못 깎는다는 말은 이럴 때 하는 것인 모양이었다. 톰슨 선생님의 책상 위에 웬 남자아이의 사진이 하나 놓여 있었다.

선생님을 쏙 빼닮은 주먹코가 아주 귀여웠다.

톰슨 선생님이 털북숭이 손으로 책상 맞은편에 있는 의자를 가리키며 말했다.

"이쪽에 앉아요. 어떤 일로 찾아왔나요?"

나는 의자에 앉아 노트북을 켜며 목을 가다듬었다.

"음, 제 코에 대해 몇 가지 궁금한 점이 있어서요."

톰슨 부자의 뭉뚝한 주먹코를 보고 난 뒤여서, 내 코에 대해 뭘 물어본다는 게 참 부질없게 느껴졌다. 톰슨 선생님은 의자에 앉은 채로 몸을 앞으로 기울여 내 얼굴을 가만히 살폈다.

"코 성형 수술을 하고 싶다는 말인가요?"

나는 고개를 끄덕이며 대답했다.

"그게 좀…… 보기 흉하잖아요. 기형인가 봐요."

의사들이 자주 쓰는 '기형'이라는 단어를 일부러 대화 속에 집어넣어 보았다. 맞게 쓴 건지는 잘 모르겠지만. 톰슨 선생님은 책상을 빙 돌아 나에게로 가까이 다가왔다. 누군가 얼굴을 바싹 대고 내 코를 자세히 들여다본다는 건 정말이지 이상야릇한 느낌이었다.

나는 노트북 화면의 첫 번째 줄에 보이는 질문부터 시작하기로 했다.

"어디서 수련하셨어요?"

톰슨 선생님은 책상 모서리에 걸터앉더니 손가락으로 한쪽 벽을 가리켰다. 벽에는 온갖 수료증과 학위 증명서가 다닥다닥 붙어 있었다.

"자, 다음 질문?"

나는 그 내용을 노트북에 빠르게 입력하면서 두 번째 질문을 던졌다.

"전에도 이런 코를 수술해 본 적 있으세요?"

톰슨 선생님이 내 말을 듣고 허허 웃었다.

"잠결에 눈 감고 한 손을 뒤로 묶은 채로도 할 수 있을걸."

나는 자판을 치던 손을 딱 멈추고 톰슨 선생님을 빤히 올려다보았다. 선생님이 얼른 덧붙였다.

"정말로 그런다는 건 아니고. 물론 수술이야 맑은 정신에 두 눈 번쩍 뜨고 양손으로 하죠. 보이 스카우트의 명예를 걸고 맹세할 수 있어요."

톰슨 선생님은 오른손을 들고 보이 스카우트 대원처럼 경례를 해 보였다. 문득 사진에서 본 선생님의 아들도 보이 스카우트에 가입했는지 궁금해졌다. 톰슨 선생님은 어른들 말씀 잘 듣고 솔선수범하는, 그야말로 보이 스카우트 단장이었을 것 같은 인상을 흠씬 풍겼다.

마치 톰슨 선생님의 어린 시절이 눈앞에 훤히 그려지는 것 같았다. 어두운 밤에 모닥불을 피우고 대원들과 둘러앉아 노래를 부르거나 무서운 이야기를 속닥거리며 깍깍대는 모습이…….

"그럼…… 비용은 얼마나 드나요?"

"학생이 생각하는 것보다는 훨씬 많이 들 거예요. 그보다 먼저, 코를 왜 수술하고 싶은 건가요?"

나는 툭 불거진 코허리를 손으로 만지작거리며 대답했다.

"눈에 확 띄잖아요."

"글쎄, 내가 보기엔 괜찮은데. 숨 쉬는 데는 별문제 없죠?"

"네, 그냥 생김새가 마음에 안 들어요."

"다른 곳을 수술받아 본 적 있어요?"

나는 고개를 저었다.

"예전에 어디선가 떨어져서 찢어진 데를 꿰맨 적은 있어요. 팔에 깁스도 한 번 해 봤고요."

"모든 수술은 부작용이나 합병증의 위험이 있어요."

"저도 알아요."

나는 톰슨 선생님이 눈썹을 치켜세우는 걸 보고 얼른 덧붙였다.

"인터넷으로 다 찾아봤거든요."

"아, 인터넷……. 온갖 수상쩍은 정보의 샘, 인터넷."

"음, 그러니까…… 제 코를 수술해 주실 수 있나요?"

나는 노트북을 덮고 톰슨 선생님에게로 몸을 바싹 기울였다.

"나이가 어떻게 되죠?"

"열일곱 살이요."

톰슨 선생님은 딱하다는 얼굴로 고개를 저었다.

"나는 그 수술을 해 줄 수가 없어요."

"저희 부모님이 허락해 주신대도요?"

톰슨 선생님은 손가락 사이에 낀 연필을 빙빙 돌리며 대답했다.

"그래도 마찬가지예요. 나는 열아홉 살 이하 미성년자에게는 성형 수술을 하지 않거든요. 심각한 장애가 있거나 생명에 위협을 받는 경우가 아니라면 말이죠. 우리 병원 간호사가 진작 말해 줬어야 하는데, 괜히 시간 낭비만 하게 했네요."

나는 자리에서 일어나 톰슨 선생님과 악수를 나눴다. 기쁨을 감추고 실망한 표정을 짓느라 혼이 났다. 톰슨 선생님은 참 좋은 의사였다. 그야말로 양심과 신념에 따라 행동하는 의사였다.

"그럼 이 근처에 추천해 주실 만한 병원이 있을까요?"

톰슨 선생님은 신물이 난다는 듯한 얼굴로 대답했다.

"수술해 주겠다는 의사는 널렸어요. 그래도 난 추천해 줄 수 없습니다. 어디든 가게 되면 꼭 꼼꼼히 묻고 따져 보세요."

안타까워하는 기색이 역력한 톰슨 선생님의 두 눈을 보고 있으려니, 순간적으로 모든 걸 털어놓고 싶다는 생각이 들었다. 이렇게 정직하고 양심적인 의사의 눈에 내가 허영심으로 가득 찬 얄팍한 아이로 보이는 것이 싫었다.

하지만 아직은 때가 아니었다. 인터뷰가 더 남았기 때문이다. 비양심적이고 탐욕스러운 의사를 찾아야 하니까. 환자보다 수술이 우선인 그런 의사들 말이다.

완벽한 의사 

다음에 찾아간 병원의 의사는 만나지도 못했다. 간호사 말로는, 의사가 갑자기 응급 수술에 들어갔다는 거다. 내 얼굴을 가만히 들여다보던 간호사가 이맛살을 찌푸리며 말했다.

"샌더슨 선생님은 보호자 없이 온 미성년자는 만나 주지 않으세요. 어차피 오늘 응급 수술이 없었더라도 상담은 못 받았겠네요."

"지금이라도 알아서 다행이에요. 저도 의사 선생님 시간을 무작정 뺏고 싶은 건 아니거든요. 다시 연락드릴게요."

"그러세요."

간호사는 곧바로 고개를 끄덕이며 이내 컴퓨터 화면으로 눈길을 돌렸다.

드디어 레아 엄마를 수술한 로널드 마이어스 선생님을 만나기로 한 목요일이 돌아왔다. 마이어스 성형외과는 항구가 내려다보이는 고층 빌딩에 있었다.

병원 내부 벽에 발라 놓은, 은은하고 포근한 빛깔의 벽지는 보기만 해도 마음이 편안해졌다. 널찍한 대기실 한가운데에는 고급스러운 타원형 탁자와 매끈하게 잘 빠진 소파가 자리하고 있었다.

한쪽에 책장을 마련해 두어, 비싼 광택지로 만든 패션 잡지도 마음껏 볼 수 있게 해 놓았다. 너덜너덜한 시사 잡지 같은 건 아예 보이지도 않았다.

탱글탱글한 가슴과 오뚝한 코가 유독 돋보이는 간호사가 내게로 다가와 음료를 권했다. 나는 일부러 하도 써서 마시지도 못하는 에스프레소를 달라고 했다. 콜라보다 훨씬 더 어른스러워 보일 거라는 계산에서였다.

“잠시만 기다려 주세요.”

생긋이 웃으며 돌아서는 간호사의 치아가 어찌나 가지런하던지, TV에 나오는 치약 광고 모델은 저리 가라 할 정도였다. 타고난 이는 절대로 그렇게 반듯할 수가 없었다.

대기실에는 나 말고 한 사람이 더 있었다. 우리 엄마 나이 정도 돼 보이는 아주머니였다. 눈 아래에는 시퍼렇게 멍이 들고, 코에는 피부와 흡사한 색깔의 반창고를 붙이고 있었다. 아주머니가 나를 보더니 환하게 미소를 지었다. 그러다 매니큐어 바른 손으로 내 코를 가리키며 물었다.

"그거 고치러 왔니?"

나는 코를 손으로 더듬으며 말했다.

"그렇게 티 나요?"

"어머, 미안해. 아줌마가 괜히 기분 나쁘게 했나 보구나……."

아주머니는 자기 코를 손끝으로 슬쩍 건드리며 말했다.

"나도 네가 얼마나 힘든지 알아서 그래. 그리고 아주 제대로 찾아온 거야. 최신 장비에다 친절한 의료진까지……, 아마 후회하지 않을걸? 나랑 우리 딸도 다 마이어스 박사님한테서 했거든. 정말 완벽한 의사 선생님이니까, 네 코도 금방 멋지게 고쳐 주실 거야."

"아, 네, 감사합니다."

잠시 후 간호사가 내 이름을 부르더니, 곧 마이어스 선생님의 진료실로 안내해 주었다. 진료실은 넓기도 넓거니와 탁 트인 전망이 일품이었다. 창밖으로 드넓은 바다와 푸른 산, 높은 하늘이 한눈에 들어왔다.

마이어스 선생님은 그런 풍경을 하도 봐서 지겹기라도 한 건지, 창을 등진 채로 책상 앞에 앉아 있었다. 그런데 진료실 벽에 걸린 값

비싸고 화려한 그림들은 어딘지 판에 박힌 듯 개성이 없어 보였다.

마이어스 선생님은 으리으리한 유리 책상을 빙 돌아 걸어 나오며 나를 반갑게 맞았다. 두 손으로 내 손을 맞잡아 움켜쥐며 얼굴 가득 미소를 지었다. 외모 역시 완벽 그 자체였다. 미끈하게 빠진 턱선과 우뚝 솟은 콧날, 그리고 탄탄한 몸매까지……. 과연 성형외과 의사다웠다.

고급 양복과 명품 손목시계가 구릿빛 피부를 한결 돋보이게 했다. 주황빛이 약간 돌기는 했지만, 기계의 힘을 빌려 억지로 태닝한 피부는 아닌 것 같았다. 얼마 전에 스키 여행을 다녀왔거나, 보트를 타고 바다에서 휴가라도 보낸 듯 건강하고 매력적인 색깔이었다.

"잭! 어서 와요. 차례를 기다리는 동안, 커피나 탄산수 같은 것 좀 들었나요?"

나는 고개를 끄덕이는 것으로 대답을 대신했다. 마이어스 선생님은 책상 앞에 놓인 새하얀 가죽 의자 쪽으로 부드럽게 손짓을 했다. 왠지 모르게 불편하고 초조한 기분이 들었다. 아까 마신 진한 에스프레소 때문인지, 아니면 부자연스러울 정도로 완벽한 마이어스 선생님 때문인지 마구 헷갈렸다.

"편히 앉아요. 내가 뭘 도와주면 될까요?"

마이어스 선생님이 옆자리에 앉더니, 나를 향해 몸을 기울였다.

이 지구상에서 자신의 관심을 끄는 사람은 오직 나뿐이라는 듯한 태도였다. 수완이 아주 좋은 사람이었다. 마음만 먹으면 북극에 사는 에스키모에게도 꽁꽁 언 아이스크림을 너끈히 팔아먹을 것 같았다.

나는 어금니를 꽉 물었다가 천천히 입을 열었다.

"제 코 말인데요……."

선생님이 고개를 끄덕이며 더 가까이 다가왔다. 와, 냄새 한번 끝내준다. 아침 안개가 낀 고요한 해변을 실컷 거닐다 온 사람에게서나 이런 냄새가 날까? 푸르른 삼나무와 깊은 바다 향기, 그리고 숲 한가운데에서 피어나는 모닥불 내음이 훅 끼쳤다. 하마터면 무슨 향수를 쓰냐고 물어볼 뻔했다. 곧이어 매력적인 미소를 띤 입술 사이로 가지런하고 새하얀 치아가 눈부시게 빛났다. 아무리 정을 주려야 줄 수가 없는 남자였다.

"살짝 만져 봐도 될까요?"

마이어스 선생님은 이렇게 묻더니 내 얼굴로 손을 뻗었다. 나는 완벽히 손질된 선생님의 손톱에서 눈을 떼지 못한 채 어정쩡하게 고개를 끄덕였다. 코에 와 닿는 손끝이 마치 여자의 손길처럼 부드러웠다. 얼굴을 뒤로 확 빼 버리고 싶은 걸 간신히 참았다.

마이어스 선생님은 내 콧등을 천천히 쓸어내리며, 고양이가 가르랑대는 것 같은 소리를 냈다.

"으흠, 확실히 기형이 맞네요. 안을 좀 들여다봅시다."

선생님은 내 콧속에 조그만 불빛을 비춰 자세히 살피고는 곧 자기 자리로 돌아갔다. 그러더니 컴퓨터 화면을 내 쪽으로 돌리며 말을 이었다.

"어떤 모양으로 하고 싶어요? 요즘 제일 인기 있는 건 조니 뎁 코예요. 로버트 패티슨 코도 많이 하고요. 자, 직접 골라 볼래요?"

마이어스 선생님이 마우스를 클릭할 때마다 사진이 휙휙 넘어갔다. 말도 안 돼. 시장에서 물건을 사듯 코를 취향대로 고르라고?

나는 깜박이는 화면에 눈길을 고정하고서 물었다.

"저, 뭐 하나만 물어봐도 돼요?"

마이어스 선생님은 가죽 의자에 느긋하게 기대앉으며 답했다.

"뭐든 물어봐요."

"코를 수술하는 데 저희 부모님은 상관없어요? 혹시라도 부모님이 허락을 안 해 주시면 어떻게 되는 건가요? 그러니까…… 엄마랑 아빠는 제가 코를 수술하는 걸 반대하실 수도 있잖아요."

선생님이 갑자기 큰 소리로 웃었다.

"부모님을 설득하는 건 문제도 아니죠. 지금 수술하지 않으면 어떻게 되는지 알려 드리기만 하면 되니까요. 호흡 곤란, 코골이, 축

농증, 후비루 증후군 같은 단어를 들으면, 이 세상 부모들은 누구든 놀랍도록 금세 생각을 바꾸게 마련이죠."

"지금 당장 수술을 안 받는다고 저한테 그런 문제가 생기는 건 아니죠?"

마이어스 선생님이 또 웃었다.

"뭐, 이렇게 겁을 잔뜩 집어먹은 소년한테는 차마 대놓고 그렇다고는 말 못 하죠. 사실 곧바로 문제가 되지는 않아요. 코허리가 약간 튀어나온 정도니까요. 하지만 날 믿어 봐요. 몇 분 안에 부모님과 함께 수술 날짜를 잡게 해 줄 테니까."

나는 짐짓 솔깃해하는 표정을 짓고 있었지만, 속으로는 자기가 우리 부모님을 언제 봤다고 저렇게 큰소리를 치는지 어처구니가 없었다. 어쨌든 나는 속마음을 내색하지 않고 이렇게 물었다.

"그리고 제 여자 친구도 코를 조금……."

"걱정 말아요. 여자 친구 부모님도 금세 설득할 수 있어요. 대부분의 부모님들, 특히 어머니들은 딸이 수술을 통해 심리적 안정을 찾을 수 있다는 말을 들으면 엄청 좋아하시거든요. 딸이 행복해야 엄마도 행복하지 않겠어요? 말하자면 딸과 엄마가 서로 윈윈하는 거죠. 이걸 좀 봐요."

선생님이 마우스를 몇 번 클릭하자, 이번에는 화면에 코 수술 장면이 펼쳐졌다. 콧구멍을 한껏 들어 올린 다음, 날카로운 도구를 넣어 살을 찢고 보형물을 삽입하는 모습이 정말이지 엽기적으로 느껴졌다.

"예전에는 실리콘이나 고어텍스 같은 물질을 많이 넣었지만, 요즘은 자기 귀에서 연골을 채취해 사용하고 있어요. 그러면 한결 자연스러운 모양을 만들 수 있거든요."

나는 애써 태연한 표정을 지으며 컴퓨터 화면에서 눈을 뗐다. 이 남자가 레아의 코를 찢고 저런 걸 집어넣는다는 생각을 하자, 상상만으로도 속이 메스꺼워서 미칠 것 같았다.

마이어스 선생님이 책장 선반에 놓인 은색 서류 가방을 열어 보였다. 여섯 칸으로 나뉜 가방 안에 가슴에 넣는 보형물이 칸칸이 담겨 있었다. 눈으로 직접 보자, 말로 표현할 수 없을 정도로 엽기적이었다.

선생님이 가방에서 보형물 하나를 꺼내더니 나한테 휙 던졌다. 나는 허둥거리다가 보형물을 그만 바닥에 떨어뜨리고 말았다. 마이어스 선생님이 재미있다는 듯이 껄껄 웃으며 말했다.

"야구를 별로 안 해 봤군요?"

나는 바닥에 떨어진 보형물을 조심스레 집어 들었다. 어째 물컹물컹하고 축축한 것이 진짜, 진짜, 진짜 이상했다. 나는 원래 들어 있던 칸에다 보형물을 얼른 밀어 넣고 뒤로 물러섰다.

그러고는 억지로 웃음을 지으며 말했다.

"집에 가서 부모님과 상의해 볼게요. 제 여자 친구하고도요."

마이어스 선생님이 활짝 웃으며 악수를 청했다.

"우리 병원은 언제나 문이 활짝 열려 있어요. 언제든 연락만 해요. 최대한 가까운 날짜로 수술 일정을 잡아 줄 테니까."

'당연히 그러시겠죠.'

나는 진료실에서 나와 귀여운 간호사가 앉아 있는 접수처 옆을 잽싸게 지나쳤다. 아까 대기실에서 만난 아주머니가 엄지를 번쩍 치켜들어 보였다. 나는 아주머니에게 간신히 손을 흔들어 보이고는 허겁지겁 병원을 빠져나왔다. 밖으로 나오자마자 계단을 마구 달려 내려갔다.

가까스로 거리로 나온 뒤에야 깨달았다. 준비해 간 질문은 하나도 꺼내 보지 못했다는 사실을…….

외모에 대한 착각

아빠가 저녁으로 피자를 오븐에 구웠다. 반죽이 군데군데 타고 토핑에 숯가루가 좀 묻긴 했지만 그런대로 꽤 맛이 있었다. 엄마가 만든 샐러드와 궁합도 아주 잘 맞았다. 마지막엔 딸기 아이스크림 케이크 위에 초콜릿 시럽을 듬뿍 뿌린 우리 엄마표 디저트가 나왔다.

엄마가 말했다.

"완벽한 디저트니까 맛있게 먹어. 우유로 만든 저지방 아이스크림 케이크에 과일, 그리고 초콜릿까지! 초콜릿이 몸에 좋다는 건 다들 알고 있지?"

나는 접시에 수북이 담긴 설탕 범벅 지방덩어리를 뚫어져라 바라보며 물었다.

"과일이 어디 있어요?"

"딸기맛 아이스크림이잖아!"

아빠가 킥킥 웃으면서 아이스크림 위에다 달콤한 시럽을 더 뿌렸다.

"이 시럽은 오렌지맛인데……. 과일 좀 더 먹을래, 여보?"

시럽이 든 병을 내밀며 능청을 떠는 아빠를 보고, 엄마는 고개를 절레절레 저었다. 이번엔 아빠가 내게 말을 건넸다.

"그래, 우리 아들은 요즘 뭐 하면서 지내나?"

"특별한 건 없고요. 성형 수술에 대해 좀 알아보는 중이에요. 레아가 하겠다는 수술이 어떤 건지 정확히 알았으면 해서요."

엄마 아빠에게는 성형외과에 상담받으러 갔던 일을 솔직하게 털어놓고 싶었다. 하지만 우리 부모님은 결석을 절대로 용납하지 않을 터였다. 거짓말은 더더군다나 안 되었다.

엄마가 턱에 묻은 초콜릿 소스를 손으로 쓱 닦으며 말했다.

"로버타 스미슨 선생님을 만나서 상담을 좀 해 볼래? 우리 몸에 대해 올바른 생각을 갖게 해 주는 분이니까 너한테 큰 도움이 될 거야."

"네, 상담해 볼게요."

아빠는 뭐가 그렇게 재밌는지, 입안에 케이크가 잔뜩 들어 있는

데도 껄껄거리느라 입을 다물지 못했다.

“있잖아, 스미슨 선생님이라는 사람 말이야…….”

하지만 엄마의 무서운 표정을 보고는 얼렁뚱땅 말을 끝맺었다.

“참 재미있는 분이라고.”

아무래도 아빠는 스미슨 선생님이라는 사람에 대해 뭔가 할 말이 남은 것 같았다. 혹시 선머슴 같다는 얘기를 하려던 걸까? 짧게 깎은 스포츠머리에 군복 무늬 바지를 즐겨 입는 사람? 아니면 몸 여기저기에 문신을 새기고 이상한 부위에 피어싱을 하는 사람?

분명 엄마는 그런 선입견을 가지면 못 쓴다고 하겠지. 하지만 엄마 친구 중에 그런 모습을 하고 있는 사람이 내가 알고 있는 것만 해도 벌써 두 명이다.

“엄마가 내일 선생님한테 전화해서 예약 잡아 놓을게.”

엄마는 빈 그릇을 들고 싱크대로 가다 말고 내 머리를 다정하게 쓰다듬으며 덧붙였다.

“우리 아들이 이렇게 기특한 일을 다 하고……. 장하네. 레아는 잭 같은 친구가 있어서 참 좋겠다.”

“정작 레아는 그걸 모른다는 게 문제죠.”

스미슨 선생님은 자기 집 뒤뜰에 있는 차고를 개조해 상담실로 쓰고 있었다. 나는 안내판에 적힌 대로 꽃밭 사이로 난 좁은 길을 따라갔다. 차고 문은 활짝 열려 있었지만 일부러 문을 똑똑 두드렸다. 이윽고 뒤뜰에서 목소리가 들려왔다.

"손만 씻고 금방 갈게!"

잠시 후 카메론 디아즈와 똑같이 생긴 상담 선생님이 나타났다. 짧은 반바지 아래로 긴 다리가 끝도 없이 이어졌다. 진분홍 탱크톱 차림의 선생님은 나를 보더니 얼른 회색 후드티를 걸쳐 입었다. 물론 나는 그 전에 이미 확인을 끝낸 상태였다. 무엇보다 가슴이 완벽했다.

"옷차림이 이래서 미안. 사실 오늘은 쉬는 날이라 정원을 손질하고 있었거든. 원래는 상담할 때 이렇게 입지 않아."

나는 선생님을 따라 차고 안으로 들어가며 웅얼거렸다.

"괜찮아요."

선생님은 슬리퍼를 벗고 왕골 의자 위에 책상다리로 앉으며 나에게도 자리를 권했다. 우리는 서핑 보드로 만든 탁자를 사이에 두고 마주 앉았다. 마치 파도타기의 여신과 함께 하와이에 온 것 같은 기분이 들었다.

물론 선생님이 남자에게는 눈곱만치의 관심도 없는 동성애자일 수도 있다는 사실을 잊은 건 아니었다. 외모로 사람을 판단하지 말라는 엄마의 잔소리를 귀에 못이 박히도록 듣고 자란 덕분이었다.

"그래, 잭. 너희 엄마가 그러시던데, 성형 수술이 심리적으로 어떤 영향을 미치는지 알고 싶어 한다지?"

가부좌를 틀고 앉은 선생님의 다리에 나도 모르게 자꾸만 눈길이 갔다. 나는 이상한 소리가 나지 않도록 목을 가다듬으며 이야기를 시작했다.

"네, 제 친구를 돕고 싶어서요. 이제 고작 열일곱 살인데 걔네 엄마가 생일 선물로 코를 성형 수술해 주시겠대요."

선생님은 천천히 고개를 끄덕였다.

"아직 어린 나이이긴 하네. 하지만 더 심한 경우도 보긴 했어."

"걔네 엄마가 자꾸 부추기시니까, 레아는 코를 수술하기만 하면 자기가 더 예뻐지고 행복해질 줄 알아요. 남학생들에게 인기도 더 많아지고요."

"그게 바로 사람들이 성형 수술을 하는 가장 일반적인 이유지. 하지만 우리가 몸을 인식하는 방식은 그것보다 훨씬 더 복잡해. 일단 한 번 수술을 받으면 중독의 길로 들어서는 경우가 많거든."

"레아 엄마가 바로 성형 중독이에요."

"그것도 꽤 흔한 일이야. 그런데 잭, 엄마가 나에 대해 아무 얘기 안 하셨니?"

나는 고개를 가로저었다.

"그냥 몸에 대해 가르쳐 주는 분이라고만 하시던데요."

선생님이 빙긋이 웃었다.

"내가 원래 남자였다는 얘길 안 하셨다는 거지?"

나는 얼빠진 얼굴로 선생님을 멍하니 바라보았다. 선생님이 말을 이었다.

"원래는 로버타가 아니라 로버트 스미슨이었어. 이제 내가 왜 신체나 성형 수술에 관심이 많은지 이해가 가지?"

나는 말문이 꽉 막혔다. 선생님은 정말로 예뻤다. 눈앞에 보이는 모습과 방금 들은 말을 도무지 하나로 묶어서 생각할 수가 없었다. 선생님이 앉은 채로 가부좌를 풀더니 발을 앞으로 쑥 내밀었다.

"이걸 보면 좀 실감이 나려나?"

과연 발톱에 바른 진분홍 매니큐어로 넓적하고 커다란 발을 다 가리기에는 무리였다. 발이 어찌나 큰지, 못해도 신발을 이백구십 밀리미터는 신어야 할 것 같았다.

"자, 그럼 상담을 시작해 볼까?"

내가 고개를 끄덕이자, 선생님이 몸을 가까이 기울이며 물었다.

"혹시 신체 이형 장애라고 들어 봤니?"

"아니요."

"신체 이형 장애는 실제로는 외모에 결점이 아예 없거나 아주 사소한 정도로만 있는데도 매우 중대한 장애가 있다는 망상에 사로잡히는 증상을 말해."

내가 어리벙벙한 표정을 짓고 있었는지, 선생님이 웃으면서 덧붙였다.

"미안, 내가 들어도 방금 그 얘기는 의학 사전에서나 볼 수 있는 말 같다. 쉽게 설명해 볼게. 신체 이형 장애를 앓고 있는 사람은 자신의 외모에 너무 집착하는 나머지, 다른 생각은 하나도 할 수가 없어. 거울을 보면 불만족스럽고 부족한 부분만 눈에 들어오거든. 가슴이 너무 작다든가 귀가 무지 크다든가 배가 엄청 나왔다든가."

나는 내 코를 가리키며 말했다.

"코가 울퉁불퉁하다거나요?"

"바로 그거야. 거식증에 걸린 사람은 굶어 죽기 직전에도 자신이 뚱뚱하다고 생각한다지? 몸에 대한 인식은 아주 어릴 때부터 형성되기 시작해. 가족 관계는 어린이가 스스로를 어떻게 생각하는지에 아주 큰 영향을 미치지. 사실 주변의 모든 것이 그래. 장난감, 텔레비전, 영화, 잡지 등등. 여기까지 이해가 되니?"

나는 고개를 끄덕였다.

"십 대들은 성형 수술을 하면 자신감과 인기를 얻어 자기가 더 행복해질 거라고 생각하지. 하지만 사실은 그렇지가 않아. 자신에 대한 만족감을 높이는 게 목적이라면, 차라리 상담을 받는 게 훨씬 더 효과적이지. 내가 바로 그런 역할을 하는 거고."

"그럼 성형 수술의 좋은 점도 있기는 한가요?"

막상 물어보고 나니까 대답을 이미 알 것 같았다.

"당연하지. 내가 바로 살아 있는 증거잖아. 성형 수술이 우리 생활에 얼마나 중요한 역할을 하는데. 구순 구개열을 고치기도 하고, 화상 환자를 치료하기도 하지. 심각한 외상이나 흉터를 고치는 것뿐 아니라 나처럼 성전환을 할 수도 있어. 나를 수술해 준 의사는 일 년에 한 번씩 제3세계로 가서 의료 봉사를 하곤 해. 그러니까 성형외과 의사라고 다 나쁜 사람만 있는 건 아니야."

"어쨌든 저는 제 친구가 성형 수술을 받지 않도록 설득해야 하는 거죠?"

"네 친구가 귀가 하나밖에 없다거나 코가 두 개 달린 게 아니라면 그래야지."

선생님은 자리에서 일어나더니 내게 손을 내밀었다. 손아귀 힘이 어찌나 세던지, 악수를 하다가 손이 다 으스러지는 줄 알았다. 그런데 그때 선생님에게서 은은한 장미 향기가 났다. 나는 눈을 감고 숨을 깊이 들이마시며 그 향기를 음미했다.

완벽함은 뒤쫓을수록 멀어진다

스미슨 선생님을 만나고 집에 돌아오자마자 블로그에 글을 정리해서 올렸다. 나는 가능한 한 한쪽으로 치우치지 않으려 노력했다. 우선 어른들이 자기 몸에 무슨 짓을 하건, 그것까지는 상관하지 않을 작정이었다. 오직 십 대 청소년의 성형 수술에만 집중하기로 마음을 굳혔다.

사실 방문자 수가 그렇게 적은 편은 아니지만 아직은 충분하지는 않다는 생각이 들었다. 이 주제에 대해 더 많은 사람들의 관심을 끌어모아야 했다. 그리고 무엇보다 한 번만 더 레아를 설득해 보고 싶었다.

영어 시간에 레아에게 쪽지를 보냈다.

얘기 좀 하자. 점심시간에 매일 보던 곳에서 만날래?

레아는 내 쪽지를 그대로 씹었다. 하지만 나는 약속 장소로 갔다. 우리 둘만의 장소는 바로 교무실 창문 앞에 놓인 나무 벤치였다. 우리 말고는 여기에 오는 사람이 없었다. 심지어 선생님들도 이 벤치에는 잘 앉지 않았다.

그런데 놀랍게도 레아가 그곳에 나타났다.

"왜 불러냈는데?"

등에 멘 책가방의 어깨끈을 움켜쥔 레아의 손에 힘이 팍 들어가 있었다.

"잠깐이면 돼. 내 얘기 좀 들어 봐, 응?"

"딱 삼 분 준다."

"계속 그렇게 서 있을 거야?"

레아가 손목시계를 들여다보며 말했다.

"삼 초 지났다."

레아는 나에게서 최대한 멀찍이 떨어져 앉았다. 벤치 끄트머리에 엉덩이만 걸치고서.

"수술 얘기 때문에 나한테 화난 거 알아. 근데 내가 조사를 좀 해 봤거든……."

거기까지 들은 레아는 지겨워 죽겠다는 표정을 지었다. 하지만 나는 아랑곳하지 않고 꿋꿋이 말을 이어 나갔다.

"잘 들어 봐. 한창 자라는 나이에 성형 수술을 받으면 위험한 것도 문제지만, 나중에 뜻하지 않은 부작용이 나타날 수도 있대. 그리고 중요한 건 성형 수술을 한다고 더 행복해지는 것도 아니라는 거야. 어차피 시간이 지나면 수술한 사람이나 하지 않은 사람이나 다 자기 얼굴에 대한 판단이 비슷하게 되어 있……."

"누가 그래?"

"상담 선생님이."

"너, 그런 사람 찾아가서 내 얘기 한 거야?"

"아니, 네 얘기를 한 게 아니라 성형 수술에 대해서 상담을 한 거지. 그 덕분에 신체 이형 장애라는 것도 새롭게 알게 되었고."

"그게 뭔데?"

"쉽게 말해서 네가 너 자신을 제대로 보지 못하는 상태를 말하는 거야. 그건 진짜 이상한 거잖냐?"

"그러니까 네 생각엔 내가 신체 이형 장애인가 뭔가 그런 걸 앓고 있다는 말이지? 그게 너랑 네 상담 선생이란 사람이 내린 결론이야?"

레아는 자리에서 벌떡 일어나더니, 나를 차가운 시선으로 내려다보며 덧붙였다.

"너, 진짜 밥맛 없어. 앞으로 다시는 내 앞에 나타나지 마."

나는 가만히 앉아 레아가 멀어지는 걸 바라만 보고 있었다. 괜히 쫓아가면 저 매운 손에 얻어터질 게 분명하니까.

저녁을 먹고 우리 집 지하 창고로 내려갔다. 나는 수북이 쌓인 팻말 더미에서 쓸 만한 것을 하나 골랐다. 내가 집어 든 건 동성 결혼을 지지한다는 내용의 팻말이었다. 나는 그 위에 페인트를 새로 칠한 뒤, 앞쪽에는 '청소년 몸에 메스를 대지 마세요.', 뒤쪽에는 '기형이 아니라 개성!'이라고 썼다.

내가 팻말 만드는 모습을 옆에서 지켜보던 엄마가 말했다.

"네가 이런 팻말을 스스로 손에 쥐게 될 줄은 몰랐어. 엄마가 좀 도와줄까?"

나는 고개를 저었다.

"거의 다 했는데요, 뭘. 아니면 엄마도 하나 만들어서 저랑 같이 가실래요?"

"어딜 같이 가?"

"마이어스 성형외과 앞에요. 내일 학교 끝나는 대로 갈 거예요."

엄마가 케케묵은 팻말을 하나 집어 들더니, 곰곰이 생각에 잠긴 얼굴로 말했다.

"한동안 잊고 살았는데……. 확실히 중요한 일이기는 하지."

"그럼 같이 가시는 거예요?"

"그래, 엄마도 시간이 되면 꼭 갈게."

"고마워요, 엄마. 근데 핏방울이 뚝뚝 떨어지는 그림은 좀 오버인 것 같죠?"

엄마는 메스의 '메'자에 맺혀 있는 빨간색 페인트 방울을 물끄러미 바라보았다.

"전혀. 아주 잘했어. 장하다, 우리 아들."

엄마는 먼저 위층으로 올라가고 나는 혼자서 늦도록 남아 팻말을 조금 더 손보았다. 한참 만에야 팻말을 다 완성하고는 꾸물대지 않고 곧장 내 방으로 올라갔다. 나는 일부러 잠자리에 일찍 들었다. 내일은 아주아주 중요한 날이니까.

다음 날은 학교를 마치자마자 쏜살같이 집으로 달려왔다. 나는 물 한 병과 과자 한 상자를 챙겨서 밖으로 나갔다. 마이어스 성형외과까지 가려면 버스를 타야 하는데, 커다란 팻말을 들고 버스를 타는 일은 만만치가 않았다.

술 취한 아저씨가 팻말을 보더니, "옳소, 옳소." 하고 소리치며 주먹을 불끈 쥐어 보였다. 자기 엄마한테 메스가 뭐냐고 물어보는 꼬마도 있었다.

버스 운전사는 한숨을 푹 내쉬더니 이렇게 말했다.

“저기 뒷자리에 가서 앉아라.”

드디어 병원 건물 앞에 도착했다. 일층에 있는 노천 카페는 오후의 여유를 즐기는 사람들로 북적였다. 나로서는 오히려 잘된 일이었다. 보는 눈이 많으면 많을수록 효과가 더 좋을 테니까.

나는 덤불 사이에 배낭을 대충 던져 놓고 팻말을 높이 들었다. 그러고는 많은 사람들이 볼 수 있도록 건물 앞을 왔다 갔다 했다. 한 스무 번쯤 오갔을까? 건물 안으로 들어가던 아주머니가 나를 멈춰 세웠다. 레아 엄마처럼 피부가 팽팽하고 반질반질했다.

“너, 지금 무슨 수작이니?”

아주머니가 빵빵한 가슴 위로 팔짱을 끼고 나를 쏘아보았다. 수술한 지 얼마 안 되어서 후속 처치를 받으러 왔는지도 모를 일이었다.

“평화 시위를 통해 시민으로서의 정당한 권리를 행사하는 중인데요.”

“시민의 뭐?”

내 뒤에서 불쑥 목소리가 들렸다.

“시민으로서의 정당한 권리요.”

엄마였다. 엄마의 팻말에는 이렇게 적혀 있었다.

완벽함은 뒤좇을수록 멀어진다!

엄마는 내 팔을 당겨 팔짱을 끼고는 평화 시위에 동참했다. 한 네 번쯤 그렇게 왔다 갔다 했을까? 이번에는 건물의 경비원이 거드름을 피우며 걸어 나왔다. 남색 제복에 무전기까지, 제법 경찰 흉내를 낸 옷차림이었다. 다만 한없이 나온 똥배 때문에 금방이라도 단추가 터져 버릴 듯해서 우스꽝스러웠다.

경비원이 엄마에게 말했다.

"여기서 소란 피우지 말고 어서 가세요. 나도 경찰을 부르기는 싫습니다."

엄마가 대답했다.

"당연히 싫으시겠죠. 아저씨 꼴만 우스워질 테니까요. 그랬다가는 내일 아침 신문 일면에 뭐라고 나오겠어요? '어느 경비원의 만행, 중년 교수와 어린 아들의 평화 시위에 경찰 병력을 동원하다.' 뭐, 이쯤 되지 않겠어요?"

하지만 경비원은 계속 길을 막아섰다.

"지금 두 분이서 평화를 해치고 있잖습니까?"

나는 들고 있던 팻말을 엄마에게 잠시 맡기고 일층 카페로 뛰어갔다. 그러고는 야외 탁자에 앉아 있는 한 쌍의 남녀에게 물었다.

"저랑 엄마 때문에 불쾌하신가요?"

아줌마가 나를 마주 보며 시원스럽게 웃으며 말했다.

"불쾌라니! 멋지기만 한데? 나도 커피 다 마시면 같이할까 생각 중이야."

"좋아요!"

옆 탁자에 앉은 아저씨는 실랑이하는 엄마와 경비원을 휴대폰 카메라로 찍었다. 한가하게 커피를 마시던 다른 사람들도 웬 소란인가 싶었던지, 여기저기에서 일어나 목을 빼고 구경을 했다.

그때 요가복을 입은 금발의 아줌마가 내게 물었다. 엄마와 비슷한 나이로 보이는데, 어딘지 모르게 좀 더 세련된 맵시가 났다.

"시위 주제가 정확히 뭐니?"

"음, 십 대 청소년을 대상으로 하는 성형 수술이요. 이 건물에 있는 의사가 그런 수술을 많이 하거든요."

아줌마가 고개를 끄덕였다.

"아, 마이어스 박사 말이지? 그 사람은 의과대학에 다닐 때 윤리나 철학 수업은 듣지도 않았을 거야. 여기에 계속 있을 거니?"

"그럴 것 같아요. 엄마는 어떻게 하실지 모르겠지만 전 여기 계속 있을 거예요."

"그래, 또 보자. 힘내라!"

엄마에게로 돌아왔을 때는 경비원이 건물 안으로 들어간 뒤였다. 우리는 다시 건물 앞을 천천히 거닐었다.

엄마가 말했다.

"내가 경찰은 부르지 말라고 했어. 근데 알고 보니까 저 경비원도 마이어스 박사를 별로 안 좋아하지 뭐니? 그 사람이 직원들에게 함부로 구나 봐."

문득 마이어스 성형외과에서 일하는 그 귀여운 간호사도 그 의사를 싫어할까, 하는 궁금증이 일었다. 그 궁금증은 정확히 삼십 분 후에 풀렸다. 두 사람이 사이좋게 건물 밖으로 걸어 나오는 모습이 눈에 띄었던 것이다.

마이어스 선생님은 한 팔로 간호사의 허리를 감고 있었다. 어쩜 저렇게 막장 드라마에서 보던 장면과 똑같은지……. 간호사는 우리를 보더니 그 자리에 딱 얼어붙었다.

나는 여유롭게 손을 흔들며 인사를 했다. 하지만 간호사는 나를 모른 척했다. 늦은 오후의 햇살을 받아 마이어스 선생님의 머릿결이 반짝반짝 빛났다.

마이어스 선생님이 간호사에게 조용히 일렀다.

"맨디, 경비원 불러."

곧이어 마이어스 선생님이 득달같이 달려들었다. 나는 팻말을 방패 삼아 몸을 피했다. 선생님이 팻말을 거칠게 후려쳤다.

"남의 땅에서 뭣들 하는 짓이야!"

그때 마이어스 선생님 뒤로 방송국 취재 차량 한 대가 멈춰 섰다. 이내 차문이 열리면서 검정색 정장 차림의 기자가 튀어나왔다. 아까 요가복을 입고 있던 아줌마였다. 그 뒤로 카메라맨이 바짝 따라붙었다.

내가 말했다.

"이 길이 전부 다 의사 선생님 땅이라고요? 그건 아닐 텐데요. 전 그냥 평화 시위를 하고 있는 중이에요."

"너, 그때 그 자식이지? 그 꼴사나운 코 좀 어떻게 고쳐 보겠다고 우리 병원을 기웃대던 새끼……."

"아, 코 수술은 안 하기로 했어요. 대신에 선생님이 하시는 일을 세상에 널리 알려야겠다는 생각이 들더라고요. 한창 자라는 아이들 몸에 서슴없이 메스를 대는 것도 모자라, 부모님들한테는 협박성 거짓말을 하고."

마이어스 선생님이 나를 향해 다시 달려드는 순간, 아까 그 기자가 선생님 얼굴 앞에 마이크를 들이밀며 물었다.

“VTV 방송국의 폴라 기자입니다. 마이어스 박사님, 박사님이 행하는 성형 수술의 칠십오 퍼센트가 열아홉 살 이하의 청소년을 대상으로 한다는 것이 사실입니까?”

마이어스 선생님은 맨디라는 그 간호사를 데리고 황급히 건물 안으로 뛰어 들어갔다. 휴대폰에 대고 누군가에겐가 고래고래 악을 써 대면서.

결국 이 모든 상황이 TV 뉴스 시간에 고스란히 전파를 타게 되었다. 그때부터 우리 집 전화기에 불이 나기 시작했다.

함부로 메스를 대지 마세요

쉴 새 없이 걸려 오는 전화는 엄마와 아빠가 도맡아 주었다. 나를 인터뷰하고 싶다는 지역 신문사의 전화에서부터 방송 출연을 요청하는 라디오와 텔레비전 프로그램의 전화까지.

엄마가 말했다.

"난 우리나라에서 제일 유명한 토크쇼 진행자가 전화해도 전혀 안 놀랄 것 같아. 그런 토크쇼에서는 이런 주제를 두 팔 벌려 환영할 테니까. 이러다 우리 아들 방송국 나들이까지 하겠는걸?"

엄마가 장난스런 표정으로 내 옆구리를 쿡 찔렀다.

아빠가 물었다.

"잭, 너 괜찮아? 갑자기 이렇게 관심을 많이 받으면 부담스러울 수도 있잖아."

나는 괜찮다는 의미로 고개를 끄덕였다.

"반짝 관심인데요, 뭐. 이러다 금방 시들해지겠죠. 요즘은 큰 전쟁도 없고, 연예인이 사고쳤다는 얘기도 없고, 또 전염병이 도는 것도 아니니까 뉴스거리가 없어서 그런가 봐요."

아빠는 여전히 염려하는 눈치였다.

"그래도 뭐든지 말하기 전에 한 번 더 생각해 보고 입을 열어야 돼. 알았지?"

"전 원래 그래요, 아빠. 형하고는 다르잖아요."

우리 얘기를 잠잠히 듣고 있던 엄마가 끼어들었다.

"네 형 얘기가 나와서 말인데, 요즘 하도 정신이 없어서 내가 잊고 있었네. 네 형, 곧 집에 온다더라."

"언제요?"

"둘이서 싼 비행기표가 나오기만을 기다리고 있다던데."

"둘이라니요?"

"데이지도 같이 올 거야. 형 여자 친구."

"갑자기 왜요? 하와이가 그렇게 좋다고 자랑할 땐 언제고."

엄마가 어깨를 으쓱했다.

"누가 알아? 우리 큰아들이 좀 자유로운 영혼이어야지."

엄마 말이 맞다. 우리 형은 정말 예측 불가능한 사람이다. 그래도 이건 좀 이상하다. 하필이면 딱 이 시기에 집으로 돌아온다니. 블로그를 열었다는 내 얘기를 듣고 형이 보낸 답장을 떠올려 보았다.

이게 네 인생 최고의 기회가 될지도 몰라, 인마.

형은 지금이야말로 내가 유명해질 수 있는 기회라도 되는 듯이 말했다. 하지만 이건 처음부터 나를 위한 일이 아니었다. 레아를 위한 일이었다. 그리고 레아를 닮은 수많은 아이들을 위한 일이었다. 또한 마이어스 선생님 같은 몹쓸 인간들의 파렴치한 행위를 멈추기 위해서 하는 일이었다. 형은 가끔씩 머리가 좋다는 사실을 잊어버리게 할 만큼 터무니없이 생뚱맞은 소리를 하기도 했다.

텔레비전에 나오는 내 모습을 본다는 건 그다지 멋진 경험은 아니었다. 코허리는 불룩불룩하고 팔다리는 흐느적거리는 게 꼭 바보 같아 보였다. 녹화 시간은 총 이십 분 정도 걸렸는데, 실제로 방송에 나온 시간은 삼 분밖에 안 되었다. 그야말로 내 손발이 오그라드는 삼 분이었다.

며칠 전에는 지역 신문의 기자가 우리 집으로 나를 찾아왔다. 인상이 퍽 좋은 데다 매우 친절한 사람이었는데도, 텔레비전에 나온 내 모습을 보고 나서 주눅이 들어 있던 터라 연방 긴장이 되었다. 게다가 나는 긴장을 하면 말이 자꾸 꼬였다.

그 기자는 엄마에게도 이것저것 질문을 던졌다. 엄마는 이런 식으로 대답했던 것 같다.

"우리 부부는 잭의 의사를 전적으로 존중하고 지지합니다. 우리 아들이 얼마나 자랑스러운지 몰라요."

그런데 기자가 갑자기 내 여자 친구는 이 시위에 대해 어떻게 생각하느냐고 물었다. 미처 생각을 정리하기도 전에 내 입에서 대답이 불쑥 튀어나왔다.

"전 여자 친구 없는데요."

"여자 친구가 없다고요? 그것참…… 재밌네요."

왠지 기자의 말 속에 뼈가 들어 있는 듯한 느낌이 들었다. 마치 내가 여자 대신 남자에게 성적인 관심을 갖고 있기라도 하다는 듯이. 사람들은 참 이상하다. 이 세상 남자들이 죄다 모든 여자들이 똑같은 모습으로 예뻐지기를 바라는 건 아닐 텐데……. 그게 그렇듯 이해하기 어려운 얘기인 걸까?

나는 기자에게 허튼 수작을 부리려거든 당장 꺼지라고 말하고 싶은 걸 꾹 눌러 참으면서 이렇게 말했다.

"전 지금 아주 중요한 일에 사람들의 관심을 모으려 노력하고 있어요. 그런데 기자님이 아주 우습고 하찮은 문제로 만들려고 하시네요. 그러지 않으셨으면 좋겠습니다."

우아, 처음으로 횡설수설하지 않고 내 의견을 똑바로 말했다!

기자의 얼굴에 순식간에 당혹감이 어렸다. 그러더니 이번에는 기자가 큼큼 헛기침을 하고선, 실천주의 가족 안에서 성장하는 게 어떤 기분이냐고 물었다. 실천주의 가족? 우리 가족이 그런 가족이었단 말이야?

나는 어깨를 으쓱하며 대답했다.

"우리도 그냥 평범한 가족이에요. 지하 창고에 시위 팻말이 잔뜩 쌓여 있다는 것만 빼면요."

"하지만 부모님 두 분이 떨어져 지내시잖아요."

이젠 슬슬 열이 오르기 시작했다.

"그게 무슨 상관인데요?"

"그러니까…… 정확히 말하자면 평범……은 아니죠."

"아, 평범하다는 게 정확히 뭔데요? 엄마 아빠는 서로가 하고 싶어 하는 일을 존중하느라 떨어져 살고 계신 건데요."

기자는 얼른 꼬리를 내렸다. 그때부터는 시시한 질문들만 해 댔다. 제일 좋아하는 과목이 뭐냐는 둥, 앞으로 커서 뭐가 되고 싶냐는 둥. 나는 한 번도 진지하게 생각해 본 적도 없으면서 의사가 될 거라고 아무렇게나 둘러댔다.

기자가 마지막으로 질문을 했다.

“같은 반 친구들도 잭 학생의 시위를 지지해 주나요?”

나는 순간적으로 거짓말을 해야 하나, 하고 고민이 되었다. 하지만 굳이 그럴 필요가 없다는 생각이 들었다. 어차피 여기서 더 떨어질 인기도 없는데, 뭐.

“장난하세요? 걔들은 제가 미친놈인 줄 알아요. 물론 전 제정신이지만요. 근데 가슴이 크다고 다 좋은 건 아니잖아요.”

요놈의 입이 방정이다. 차라리 입을 꾹 다물고 있어야 했다. 그날부터 어디를 가나 ‘크다고 다 좋은 건 아니잖아요.’가 꼬리표처럼 따라붙었다.

당장 다음 날 신문에 실린 내 기사의 제목이 그거였다. 오후에 디브이디를 빌리러 근처 대여점에 갔더니, 점원이 대뜸 이런 말을 한 적도 있었다.

“야, 네가 그 ‘크다고 다 좋은 건 아니잖아요’ 녀석이구나? 너, 뭐 잘못 먹었냐?”

블로그에 달리는 댓글도 가지각색이었다. ‘힘내세요, 응원할게요!’도 있었지만, ‘헐, 님 혹시 동성애자?’라고 적어 놓은 것도 있었다.

어쨌든 나에게도 슬로건이 하나 생겼다. 누구는 비싼 돈을 들여 만들기도 한다는데, 그냥 이참에 돈이 굳은 셈 치기로 했다.

신문 기사가 나간 지 일주일쯤 지났을까? 형이 데이지 누나와 함께 병원 건물 앞에 불쑥 나타났다. 그 전에 한마디 언질도 없었기 때문에, 나는 형이 집에 온 줄조차 모르고 있었다. 형과 데이지 누나는 내 슬로건이 새겨진 노란색 티셔츠를 입고 있었다.

'크다고' 부분이 데이지 누나의 동그란 가슴에 딱 맞아떨어졌다. 손바닥만 한 티셔츠에 짧은 청바지를 입은 데이지 누나의 배꼽에서 뭔가가 반짝였다. 다이아몬드인가? 아니면 진주? 하필이면 형이 나를 와락 껴안으며 반갑다고 주먹으로 등을 퍽퍽 치는 통에 자세히 관찰할 틈이 없었다. 아, 그나마 방송국 카메라가 주변에 없어서 천만다행이었다.

"야, 꼬맹이! 네 눈에는 이것도 시위냐?"

"난 시위라고 한 적 없어."

형에게서 빠져나오려고 안간힘을 쓰느라 얼굴이 순식간에 시뻘게졌다. 심지어 머리도 산발이 되었다. 데이지 누나가 내 흐트러진 머리칼을 손으로 매만져 주며 말했다.

"마이크 말은 그냥 무시해, 나처럼."

누나에게서 풍기는 향기는 한마디로 예술이었다. 달콤한 땀 냄새에 은은한 꽃 내음, 거기에 싱그러운 풀 향기까지. 누나는 내게 팔짱을 끼더니 형을 내버려 두고 서둘러 걷기 시작했다.

데이지 누나가 물었다.

"매일 혼자 와?"

나는 고개를 저었다.

"가끔은 엄마도 오셔. 아빠도 두어 번 오셨고. 근데 대부분은 나 혼자야."

"그럼 저 사람들은 누구야?"

누나가 손가락으로 가리키는 곳을 바라보니, 마이어스 성형외과 건물 앞에 낡아 빠진 자동차 한 대가 막 도착했다. 잠시 후 뒷문이 열리더니 조그마한 남자아이가 폴짝 뛰어내렸다. 그러고는 인도 위를 방방 뛰어다니기 시작했다.

이윽고 함께 타고 있던 아저씨와 아줌마가 차에서 내리더니 트렁크를 열고 팻말을 꺼냈다. 그런데 남자아이가 왠지 모르게 낯이 익었다. 그 아이가 두 팔을 활짝 펴고 비행기 소리를 요란스레 내며 지그재그로 달려왔다. 내 앞에 우뚝 멈춰 선 남자아이의 동그스름한 코가 빨갛게 빛났다. 아, 드디어 기억났다. 톰슨 선생님의 책상 위에 놓여 있던 사진 속 아이였다.

차에서 내린 아줌마가 남자아이의 뒤를 쫓아 달려왔다. 이윽고 아줌마가 미소를 머금은 얼굴로 내게 반갑게 악수를 청했다. 그러고는 약간 숨이 찬 목소리로 인사를 건넸다.

"네가 잭이구나? 나는 톰슨 선생님의 아내야. 요 꼬마 비행기의 엄마이기도 하고. 그냥 편하게 재니스 아줌마라고 부르면 돼."

재니스 아줌마가 남자아이의 머리에 다정하게 손을 얹으며 덧붙였다.

"버니, 잭 형한테 인사해야지."

버니는 엄마 말에는 아랑곳하지 않고, 손가락으로 데이지 누나를 가리키며 말했다.

"이쁘다!"

재니스 아줌마는 당황해서 얼굴이 다 붉어졌다. 짜식, 이쁜 건 알아 가지고!

"버니, 엄마가 버릇없게 굴면 못쓴다고 했지!"

"그래도 이쁘잖아!"

아이들은 정말 솔직하다. 누가 말릴 수 있으랴. 데이지 누나는 버니 앞에 쪼그려 앉아 눈높이를 맞췄다.

"고마워, 버니. 나는 데이지 누나야. 이 형들은 마이크랑 잭이고. 누나랑 저쪽으로 가서 놀래?"

버니의 동그란 눈이 데이지 누나 티셔츠 위에 적힌 '크다' 부분에 딱 붙어서는 떨어질 줄을 몰랐다. 버니가 고개를 끄덕이며 누나의 손을 꼭 움켜잡았다. 누나가 재니스 아줌마에게 물었다.

"그래도 될까요? 제가 잘 돌볼게요."

재니스 아줌마는 환히 웃으며 흔쾌히 대답했다.

"그럼요, 나야 좋죠. 그리고 버니, 팻말 챙겨야지!"

재니스 아줌마가 버니에게 조그마한 팻말을 건넸다. 팻말에는 '칼을 대기엔 너무 어린 나이'라고 적혀 있었다. 헐, 내가 무슨 짓을 벌인 거지?

다 꺼져 버려!

어쨌든 누군가와 함께 있으니 든든해서 참 좋았다. 마이크 형과 데이지 누나는 학교가 끝나는 시간에 맞춰서 거의 매일 시위 현장에 나와 주었다. 톰슨 선생님도 가족과 함께 주말마다 시간을 내주었다. 내 얘기가 신문 기사로 나간 뒤, 후속으로 톰슨 선생님의 인터뷰가 실리기도 했다.

그러던 어느 날, 톰슨 선생님의 병원이 테러를 당했다. 딱히 도둑맞은 물건은 없었지만 병원은 그야말로 난장판이 되었다. 침입자는 책상 위에 쓰레기와 오물을 잔뜩 얹어 놓았다. 내가 어떻게 된 일이냐고 묻자, 선생님은 화가 난다기보다는 얼떨떨하다는 표정을 지었다.

"언론의 자유를 행사한 것에 대한 대가겠지, 뭐. 그런데 이런 짓을 하는 사람들의 심리는 도무지 짐작도 못 하겠다. 무슨 생각으로 그랬을까? 아무리 더러운 걸 퍼부어도, 난 열일곱 살짜리 아이 몸에 메스를 대는 짓은 절대로 못 해."

"경찰에 신고는 하셨죠?"

선생님이 고개를 끄덕였다.

"응, 신고는 했는데 단서를 찾지는 못했대."

우리는 한동안 잠자코 걸었다. 한참 만에 내가 무거운 침묵을 깨고 물었다.

"근데 선생님은 왜 이런 일을 하세요? 제 입장에서야 고마운 일이지만, 이러다 선생님이나 병원의 평판이 나빠질 수도 있잖아요. 걱정되지 않으세요?"

톰슨 선생님이 웃음을 터뜨렸다.

"내 평판? 전혀. 내가 아이들을 대상으로 수술하지 않는다는 건 누구나 다 아는 사실이야. 더 좋아질 것도, 더 나빠질 것도 없어. 나는 앞으로도 양심에 따라 주어진 일을 할 생각이야. 이렇게 중요한 문제에 사람들의 이목을 집중시켰다는 것은 아주 대단한 일이야. 바로 그런 점에서 난 너를 지지해. 그래서 지금 이 자리에 나와 있는 거고. 그러는 넌? 왜 여기에 있는 거니?"

나는 잠시 걸음을 멈추고 톰슨 선생님을 바라보았다.

"당연한 거 아니에요?"

"글쎄, 너희 또래 아이들이 다 너와 같은 생각을 하는 건 아니잖니? 당장 네 여자 친구인 레아도 그렇고……. 이 일을 어쩌다 시작하게 됐는지는 알지만, 궁극적인 목적이 뭔지는 잘 모르겠어."

나는 다시 생각에 잠겼다.

"처음에 생각했던 그대로, 의사들이 청소년들에게 단순히 돈벌이를 목적으로 성형 수술을 하지는 않았으면 좋겠어요. 무엇보다 마이어스 선생님의 무분별한 수술을 막아 내는 게 지금으로서는 제일 큰 목적이고요. 물론, 이 정도의 주목으로 세상을 바꿀 수 있다고 생각할 만큼 멍청하지는 않아요."

톰슨 선생님이 천천히 고개를 끄덕였다.

"그게 그렇게 터무니없는 소리 같지는 않은데? 내가 성형외과 의사협회에 연줄을 대 주면 어떨까? 아마도 너에게 힘을 실어 줄 거야. 당장 세상이 바뀌진 않겠지만, 의식 있는 의사들이 네 의견을 지지해 준다면 아주 조금씩이라도 달라지지 않겠니?"

"그 사람들이 도움을 줄 수 있을까요?"

"대부분은 아주 훌륭한 의사들이니까. 성형외과 의사라고 해서 모두 탐욕스럽고 비양심적인 건 아니야."

"호랑이도 제 말 하면 온다더니……. 양심에 철판 까신 분, 저기 오시네요."

그때 마이어스 선생님이 까만색 고급 승용차에서 내리더니, 톰슨 선생님을 향해 성큼성큼 걸어왔다.

"당신, 지금 이 비렁뱅이 같은 자식을 지지하는 거야?"

마이어스 선생님이 나를 향해 손가락질을 했다. 마이크 형과 데이지 누나가 잽싸게 달려와 내 양옆에 딱 버티고 섰다. 재니스 아줌마는 버니를 데리고 카페 안으로 얼른 피했다.

톰슨 선생님은 침착한 목소리로 말했다.

"네, 나는 잭을 지지합니다. 박사님도 이미 알고 계시지 않았던가요?"

마이어스 선생님의 날카로운 손끝이 내 가슴께로 점점 다가왔다.

"지금 우리 병원 환자들이 수술을 취소하고 난리도 아니야. 이것저것 귀찮게 꼬치꼬치 캐물으면서 말이지. 게다가 언론은 당장이라도 날 잡아먹으려고 호시탐탐 기회만 엿보고 있어."

마이어스 선생님이 손가락으로 내 가슴을 꾹 찔렀다. 바로 그때 마이크 형이 팔짱을 끼고 내 앞을 막아서며 말했다.

"내 동생이 그쪽을 폭행죄로 고소하면 언론에선 더 신이 나서 날뛰겠네요."

고작 손가락질로 폭행죄라니! 심지어 아프지도 않은데. 아무래도 형이 과도한 반응을 보이고 있다는 생각이 들었다.

내가 형을 말리려는 찰나, 마이어스 선생님이 뒤로 획 돌아 자동차가 있는 쪽으로 가 버렸다. 마이어스 선생님은 차에 올라타기 직전에 우리를 향해서 큰 소리로 악을 썼다.

"내 변호사를 시켜서 당신들 다 가만두지 않겠어!"

형이 지지 않고 맞받아쳤다.

"네, 네, 무서워 죽겠네요."

솔직히 말하면, 나는 정말로 무서웠다. 변호사 얘기까지 나오자 몸이 덜덜 떨렸다. 반면에 형은 신이 나서 난리였다.

"이거, 이거 완전히 대박인데! 당장 경찰서에 전화해야지. 그때 그 VTV 방송국 기자도 부르자. 잘하면 뉴스가 전국적으로 퍼지겠는걸!"

형은 뭐가 그렇게 좋은지 싱글벙글하며 휴대폰을 꺼내 전화번호를 꾹꾹 눌렀다. 나는 순식간에 휴대폰을 뺏어서 형이 손대지 못할 곳으로 쓱 밀어 넣었다. 바로 내 바지 속으로 말이다.

"야! 뭐 하는 짓이야! 이런 기회가 또 올 것 같아?"

나는 톰슨 선생님에게 진지한 표정으로 물었다.

"선생님은 어떻게 생각하세요?"

"나도 경찰을 부르는 건 반대야. 진짜로 고소할 생각이 아니라면, 굳이 일을 그렇게까지 확대시킬 필요는 없잖아. 게다가 이 정도 일로 법정까지 갈 수 있는 것도 아니고."

그러자 형이 톰슨 선생님을 졸라 댔다.

"그럼 제발 기자라도 불러요."

선생님이 고개를 끄덕였다.

"그래, 그건 나쁘지 않을 것 같구나. 그러면 사람들이 이 일에 계속 관심을 가질 수 있을 테니까."

나는 휴대폰을 꺼내 형에게 내밀었다. 형은 휴대폰을 티셔츠에 쓱쓱 문질러 닦더니, VTV 기자의 전화번호를 찬찬히 눌렀다. 문득 형이 그 기자의 전화번호를 외우고 있다는 사실이 참 이상하게 느껴졌다.

형은 휴대폰을 들고 얼마간 통화를 하더니, 전화를 끊고 씩 웃으며 말했다.

"내일 아침 7시다, 꼬맹아. 너랑 톰슨 선생님이랑 방송국으로 가면 돼."

"나도? 텔레비전에?"

톰슨 선생님은 그 소식이 마냥 기쁘지만은 않아 보였다. 뭉툭한 주먹코가 반들반들해지더니, 곧 땀방울이 얼굴을 타고 흘러내렸다. 형이 선생님의 등을 손으로 토닥이며 말했다.

"잘하실 텐데요, 뭐. 사람들한테 신뢰를 팍팍 심어 주실 수 있을 거예요."

나는 못마땅한 눈초리로 형을 노려보았다.

"그럼 나는 지금까지 신뢰를 못 줬다는 얘기야?"

형이 내 머리카락을 손으로 헝클어뜨렸다.

"에이, 무슨 말인지 다 알면서. 톰슨 선생님은 의사잖아, 넌 그냥 애고."

그때 데이지 누나가 나를 두둔하고 나섰다.

"그냥 애라니? 잭은 네 도움 없이도 이미 텔레비전에 나왔어."

누나의 부드럽지만 단호한 말투에, 형이 기가 막히다는 표정을 지었다. 데이지 누나는 평소와 다름없이 끝내주게 예뻤지만, 표정만큼은 그 전과 확연히 달랐다. 누나가 잔뜩 찌푸린 얼굴로 덧붙였다.

"잭한테는 지금 응원이 필요해. 방송 스케줄을 잡아 주는 매니저가 아니라……."

"하지만 애초에 여기에 온 이유가……."

누나가 형의 말을 싹둑 잘랐다.

"이제 그만해, 마이크."

형은 데이지 누나의 태도에 몹시 화가 났는지, 찬바람을 쌩 일으

키며 그대로 뒤로 돌아 저쪽으로 성큼성큼 걸어갔다. 뭐가 뭔지 얼떨떨했다. 두 사람이 여기에 온 진짜 이유는 뭘까? 누나는 왜 갑자기 형한테 화를 내는 거지? 형은 또 저렇게 열을 내면서 가 버리면 어쩌자는 거야?

근데 나는 왜 씩씩거리며 멀어져 가는 형의 뒷모습을 보는 게 이리도 고소할까?

톰슨 선생님과 함께한 인터뷰는 그럭저럭 무사히 끝났다. 언제나 환자를 먼저 생각하는 선생님은 누구라도 금세 마음을 활짝 열게 했다. 이번에는 나도 버벅거리지 않고 잘 넘어갔지만, 토할 것 같은 기분은 사라지지 않았다.

인터뷰를 마친 후에 리포터가 이런 말을 했다. 이 사건이 전 국민의 관심을 끌고 있다고.

"선생님, 저게 무슨 소리예요?"

"언론에 더 많이 노출된다는 얘기겠지."

'관심이 더 쏠리겠다는 뜻이군.'

언뜻 생각하면 기뻐해야 마땅했다. 형이라면 분명 그랬을 것이다. 그런데 내 머릿속에는 오직 한 가지 생각뿐이었다. 대체 이 일은 언제쯤 끝나는 거지? 사실, 언제가부터 슬슬 부담감이 느껴지고 있었다.

나는 병원으로 출근하는 톰슨 선생님의 차를 얻어 타고 학교에 갔다. 가방을 교실에 던져 놓고 레아를 찾아 온 학교를 다 뒤졌다. 어차피 레아는 나하고 말 한마디 섞으려 들지 않겠지만, 나는 어떻게든 대화를 하고 싶었다.

우선 교실에는 없었다. 점심시간에 식당에 가 보았지만 레아의 그림자도 보이지 않았다. 혹시나 해서 보건실에도 가 보았다. 하지만 마찬가지였다. 그나마 다행히 레아의 친구 알리시아를 우연히 만날 수 있었다.

나는 방과 후에 알리시아를 데리고 학교 근처의 패스트푸드점으로 갔다. 알리시아는 꽤 괜찮은 애였다. 공부도 열심히 하고 무엇보다 아주 의젓했다. 워낙에 진중한 성격이라 거짓말 같은 건 절대로 하지 않았다. 나는 침을 꼴깍 삼키며 알리시아에게 물었다.

"레아는 어디 갔어?"

"네가 알 바 아니잖아. 레아도 사생활이란 게 있어."

왠지 누군가 시키는 대로 말을 하는 것 같은 티가 솔솔 났다.

"혹시 어디 아파?"

알리시아는 천천히 고개를 저었다.

"음……, 아픈 건 아니야."

"아픈 건 아니라니, 그게 무슨 소리야?"

"어쨌든 곧 나을 거니까 걱정하지 않아도 돼."

나는 딱딱한 플라스틱 의자에 멍하니 앉아 있었다. 알리시아는 벌떡 일어나더니 쏜살같이 달려 나갔다. 그 바람에 등에 멘 책가방이 마구 흔들렸다. 어휴, 망했다! 레아가 그새 성형 수술을 해 버린 게 틀림없었다. 이제 어쩌지? 레아의 성형 수술을 막아 보려고 이 난리를 피운 건데……. 한순간에 도로아미타불이 되고 말았다. 절로 어깨가 축 처졌다.

나는 레아를 생각하며 집으로 터벅터벅 돌아갔다. 레아가 보고 싶었다. 지금 당장 병원에 과일 주스라도 사 들고 가서 진심으로 미안하다고 말하고 싶었다. 수술한 사람을 병문안할 때 다들 그러는 것처럼, 나도 레아를 다정하고 살뜰하게 챙겨 주고 싶었다. 무엇보다 지나온 시간을 되돌리고 싶었다.

집에 도착해서 노트북을 켜 보니 메일이 엄청나게 많이 와 있었다. 전국에 방송되는 공중파 방송의 뉴스 프로그램에서 인터뷰를 요청하는 내용도 있었고, 우리나라에서 제일 큰 신문사에서 같은 내용의 메일을 보내오기도 했다. 한창 잘나가는 유명 잡지사에서는 휴대폰으로 전화를 걸어 왔다.

그 사람들한테 하고 싶은 말은 단 한마디뿐이었다. 다 꺼져 버려!

목적을 잃어버린 시위

다음 날 아침, 식사를 하다 말고 형에게 툭 내뱉었다.

"다 그만둘래."

"말도 안 되는 소리 하네."

형은 알록달록한 설탕 범벅 시리얼이 담긴 그릇 너머로 나를 쏘아보았다. 그렇게나 똑똑하다는 사람이 저렇게 몸에 안 좋은 것만 골라서 먹다니. 맞은편에 앉은 데이지 누나는 따끈따끈하게 데운 베이글에 커피 한 잔을 곁들여 먹었다. 우리 집에 처음 왔을 때는 꼭 형 옆자리에만 앉더니, 언제인가부터 맞은편에 자리를 잡았다.

데이지 누나가 말했다.

"마음대로 하게 둬. 이건 어디까지나 잭의 싸움이잖아."

그 말에 형이 코웃음을 쳤다.

“싸움을 하겠다는 녀석이 그만한 깡도 없냐? 피를 보자마자 그만두겠다니.”

피? 지금 레아 얘기를 하는 건가? 레아가 수술받았다는 걸 형이 어떻게 알았지? 순간, 메스가 레아의 살 속으로 깊숙이 파고드는 장면이 떠올라 금방이라도 토할 것만 같았다. 새빨간 피, 수술 부위를 꿰매는 바늘……. 윽!

나는 겨우 입을 열었다.

“레아가 이미 수술을 했대. 이제 다 끝났어. 난 원래 생활로 돌아가고 싶어.”

그런데 원래 생활로 돌아갈 수나 있을까……? 데이지 누나가 베어 먹던 베이글을 접시에 내려놓더니, 손가락에 묻은 크림치즈를 입술로 살짝 핥으며 물었다.

“레아가 벌써 수술을 받았다고? 확실한 거야?”

“며칠째 학교에 안 나와. 레아랑 친한 친구 중의 한 명이 대충 얘기해 줬어.”

“어떡하니, 잭……. 레아 때문에 걱정 많이 되겠다.”

나는 힘없이 고개를 끄덕였다.

“내가 다 망쳐 버렸어. 지금까지 헛짓한 거지, 뭐. 괜히 제일 친한 친구만 잃어버리고."

"그렇지 않아."

데이지 누나가 내 손을 다정하게 잡아 주었다. 방금 입술로 손가락을 핥은 탓에 약간 촉촉하고 부드러운 느낌이 났다. 나는 속으로 제발 내 손바닥에서 축축한 땀이 배어 나오지 않기만을 기도했다.

데이지 누나가 말을 이었다.

"레아를 설득하는 데는 실패했지만, 다른 아이들이 네 말을 듣고 마음을 바꿨을 수도 있잖아. 그리고 레아는 여전히 네 친구야. 지금 당장은 네 마음을 받아들이지 못할지도 모르지만, 레아도 속으로는 네가 많이 보고 싶을걸."

"난 잘 모르겠어."

데이지 누나가 내 손을 다독이더니 자리에서 일어났다. 탱크톱에 짧은 반바지, 그리고 샌들까지, 누나는 당장 파도타기를 하러 해변으로 뛰쳐나가도 될 것 같은 옷차림이었다.

하긴, 바닷가로 놀러 가는 것도 그리 나쁘지 않을 듯했다. 목적을 잃어버린 시위를 한답시고 길거리에 죽치고 있는 것보다는 백 배는 더 나아 보였다.

그때 형이 말했다.

"그럼 인터뷰 약속 잡아 놓은 것들은 다 어쩔 건데? 대형 신문사며 공중파 방송국의 뉴스며 유명 잡지까지 죄다 하기로 했잖아."

형은 확실히 이 정도에서 포기할 마음이 전혀 없어 보였다. 이윽고 빈 그릇을 물에 헹궈 식기세척기에 넣으며 덧붙였다.

"이렇게 그만둬 버리면 안 되지."

"왜 안 돼?"

"성공이 바로 코앞이니까 그렇지, 이 꼬맹아!"

"꼬맹이라고 부르지 좀 마. 그리고 난 성공 따윈 관심 없어. 내가 관심 있는 건 레아뿐이야."

"며칠만 더 해 봐. 일단 인터뷰부터 해. 그런 다음에 어떻게 되는지 지켜보자고. 네 덕분에 멀쩡한 몸을 수술대에 올리지 않게 될 수많은 소녀들을 생각해 봐."

나도 머리로는 형의 말이 구구절절 옳다는 걸 알고 있었다. 하지만 내 마음은 계속 레아를 그리워하고 있었다. 레아가 정말 괜찮은지 너무나 걱정이 되고 궁금했다.

나는 한숨을 푹 내쉬며 대답했다.

"알았어, 딱 일주일만이야. 그다음엔 완전히 발 뺄 거야. 블로그도 닫고 팻말도 치우고……. 다시 예전처럼 살아갈 거야."

"찌질이로 돌아가겠다고?"

형이 내 말을 가로채고는 문틀에 붙여 놓은 철봉에 매달리며 턱걸이를 시작했다. 팔을 움직일 때마다 우람한 구릿빛 근육이 꿈틀거렸다. 데이지 누나는 쌀쌀맞은 얼굴로 쌩하니 형을 지나쳐 가면서, 팔꿈치로 형의 두 다리 사이를 사정없이 콱 찍었다. 형은 순식간에 바닥에 뚝 떨어지더니, 가랑이를 손으로 움켜쥐고 한참을 끙끙거렸다.

"야, 왜 그래!"

형은 이렇게 투덜거리고는 다리를 절뚝이며 데이지 누나의 뒤를 어기적어기적 쫓아갔다. 곧바로 방문이 쾅 닫히는 소리가 났다. 잠시 후 두 사람이 목소리를 높여 싸우는 소리가 들렸다. 서로 고함을 지르는 탓에 뭐라고 하는지는 정확히 들리지 않았다.

방문에 귀를 대고 엿들으려 살금살금 다가가는 찰나, 아빠가 주방으로 불쑥 들어왔다. 아빠는 커다란 머그잔에 커피를 가득 부으며 심드렁하게 말했다.

"쟤네들, 사랑싸움하나 보다."

"그런가 봐요."

"좋을 때다."

아빠는 대수롭지 않다는 듯 눈썹만 찡긋거리고 말았다.

나는 학교에 가려고 책가방을 집어 들었다. 그때 데이지 누나가 계단을 후다닥 달려 내려오는 소리가 났다. 형이 누나 뒤를 쫓아가며 황급히 말했다.

"그런 뜻으로 한 말 아니야, 데이지. 우리, 일단 차분하게 얘기 좀 하자. 앞으로는 다 잘될 거야."

데이지 누나는 그 자리에 딱 멈추어 서더니, 별안간 몸을 홱 돌리면서 형에게 쏘아붙였다.

"애초에 여기 오는 게 아니었어! 모든 게 엉망진창이잖아. 나 혼자 생각할 시간이 필요해. 그러니까 따라오지 마!"

그러더니 데이지 누나가 나를 보며 말했다.

"가자, 잭."

나는 데이지 누나가 먼저 나갈 수 있게 현관문을 열어 주었다. 형이 급하게 다가서자, 데이지 누나가 거세게 밀치며 소리쳤다.

"따라오지 말랬잖아!"

형은 마지못해 고개를 끄덕였다. 그러다 얼굴이 점점 붉어지더니, 두 눈에 눈물이 그렁그렁 고였다. 형이 울다니……. 이것이야말로 충격적인 사건이 아닐 수 없었다.

아빠가 다가가 형의 어깨에 팔을 두르며 말했다.

"그쯤 했으면 됐다. 이제 비켜 줘, 마이크."

형은 순순히 아빠 말에 따랐다.

데이지 누나는 나를 학교까지 바래다주었다. 가는 내내 입을 꾹 다물고 있더니, 교문 앞에서 잘 다녀오라고 말하며 내 볼에다 뽀뽀를 해 주었다. 그것도 모두가 보는 앞에서! 뺨에다가 한 뽀뽀이기는 하지만, 어쨌든 뽀뽀는 뽀뽀였다. 내가 그렇게까지 찌질해 보이지만은 않는 모양이었다.

천재의 쓸쓸한 뒷모습

시간은 느릿느릿 흘러갔다. 레아는 다음 날에도 학교에 나오지 않았다. 나는 수학 시험을 완전히 말아먹은 것도 모자라, 영어 시간은 낮잠으로 때웠다. 그러다 벌을 받은 것일까? 체육 시간에는 누군가 던진 농구공에 머리를 된통 얻어맞았다. 설마 누군가 일부러 그런 건 아니겠지? 어찌나 아프던지, 눈물이 쏙 빠질 지경이었다.

수업을 마치고 마이어스 성형외과 앞으로 갔다. 데이지 누나의 모습은 보이지 않았다. 그런데 오늘따라 취재 차량이 유난히 많이 와 있었다.

도대체 뭘 찍느라 그러는 건가 싶어서 가까이 다가갔더니, 충격적이게도 그 한가운데에 형이 서 있었다. 세상에, 형이 경찰에 연행되는 중이었다. 나는 뒤로 성큼 물러난 채 바보처럼 멍하니 서 있었다. 일층 노천 카페의 직원들이 우르르 나와 끼리끼리 수군거리며 그 모습을 구경했다.

나는 사람들 사이를 서성거리며, 카페 직원에게 무슨 일인지 슬쩍 물어보았다.

"병원 건물에다 페인트를 던졌어요."

"네?!"

"아까 보니까, 풍선에다 시뻘건 페인트를 가득 넣어서 창문 쪽으로 집어 던지더라고요. 저기 봐요!"

카페 직원이 손으로 가리키는 곳을 눈으로 따라가 보니, 정말로 빨간색 페인트가 유리창을 타고 밑으로 뚝뚝 흘러내리고 있었다. 마치 붉은색 피가 떨어져 내리는 것만 같았다.

다른 직원이 덧붙였다.

"페인트가 든 풍선을 던지면서 뭐라고 소리를 치던데……. 무고한 사람들의 피가 어쩌고 하면서."

나는 짐짓 욕을 내뱉었다.

"헐, 개 같은 자식!"

"개 같은 짓을 한 건 맞지만, 틀린 얘기를 한 건 아니죠. 여기에 시위하러 자주 왔던 청년인데, 항상 같이 오던 예쁜 아가씨는 오늘 안 왔나 봐요."

나는 고개를 끄덕이며 스리슬쩍 뒷걸음질로 자리를 피했다.

형이 있는 곳에서 나는 언제나 투명인간 취급을 받곤 했다. 나는 그런 상황에 이골이 나다 못해 아주 지긋지긋하게 느끼곤 했다. 하지만 이번만큼은 투명인간 같은 게 정말로 다행이라는 생각이 들었다.

형을 태운 경찰차가 멀어져 가는 걸 보고 서둘러 집으로 돌아왔다. 엄마와 아빠는 내 얘기를 듣고 적잖이 충격을 받은 듯했다. 아빠가 무거운 목소리로 말했다.

"시위는 시위고 폭력은 폭력이야. 기물 파손은 엄연히 잘못된 행동이지."

엄마가 걱정스러운 얼굴로 고개를 절레절레 저었다.

"도대체 어디서 그런 짓을 배워 왔을까? 남의 물건에 함부로 손을 대는 애는 아닌데. 혹시 데이지를 만나면서부터……."

나는 엄마 말을 단호하게 잘랐다.

"누나 때문에 그런 건 절대로 아니에요, 엄마. 누나가 요새 형을 얼마나 못마땅하게 여기는데."

엄마가 아빠를 쳐다보며 물었다.

"정말 그래, 여보?"

"오늘 아침에 당신 나가고 나서 둘이 싸우는 거 보니까, 뭐 그런 것 같기도 하고."

그때 전화벨이 울렸다. 엄마는 전화기를 손에 들더니 한참이나 상대방의 얘기를 듣고만 있었다. 그리고 마침내 단 한마디를 남기고 전화기를 내려놓았다.

"안 돼, 마이크. 이번만은 절대로 안 돼."

아빠가 눈을 가늘게 뜨고 물었다.

"합의금 달라고 하지?"

엄마가 고개를 끄덕였다. 그 순간, 내 머릿속에는 한 가지 물음이 떠올랐다. '이번만은'이라니, 그게 무슨 뜻이지?

작전상 후퇴

“형이 체포된 적이 또 있었다는 말씀이에요?”

내가 놀란 눈으로 묻자, 아빠가 고개를 끄덕이며 말했다.

“이번까지 합쳐서 일곱 번. 아니, 여덟 번인가?”

“뭣 때문에요?”

엄마가 아주 지치고 피곤한 목소리로 대답했다.

“언제나 명분은 좋아. 적어도 좋은 의도에서 출발한 건 맞으니까. 기후 변화 때문에 사라져 가는 산호초를 지키자든가, 무분별한 개발로 점점 줄어드는 열대우림을 살리자든가, 멸종 위기에 처한 고래를 보호하자든가, 하는 의도 말이야. 문제는 마이크가 꼭 선을 넘고야 만다는 데 있어. 시위 구호나 외치고 있는 것으로는 성이 안 찬다는 거지. 그러다 보면 분위기에 휩쓸려서 꼭 어리석은 짓을 저지르는 거야. 들어가서는 안 될 곳에 무단 침입을 한다거나 생각지 못한 싸움에 휘말린다거나. 지난번에는 법원의 명령으로 분노 조절 장애 치료 수업까지 들었는데……. 그래서 좀 나아진 줄 알았어. 여자 친구까지 사귀는 걸 보고 마음을 좀 놓았지 뭐니?"

형이 좀 특이한 사람이라는 생각은 했지만, 이토록 폭력적이리라고는 미처 생각지 못했다.

아빠는 머그잔에 커피를 가득 붓고 엄마를 위해 가스레인지에 찻물을 올렸다. 아빠가 착 가라앉은 목소리로 말했다.

"여보, 번번이 합의금으로 빼 주는 데도 한계가 있어. 이젠 마이크가 스스로 깨닫고 뉘우치는 수밖에 없을 것 같아."

엄마의 눈에 눈물이 고였다.

"그래도…… 애를 그 차가운 데서……."

"그렇게 오래 있지는 않을 거야. 나도 이런 말까지 하게 될 줄은 몰랐는데, 그 편이 마이크를 위해 더 나을 수도 있어."

아빠가 식탁 의자에 무너지듯 앉으며 두 손으로 얼굴을 감쌌다. 혹시 내가 처음 시위를 시작할 때도 엄마와 아빠는 이런 걱정을 했을까? 아마 그렇지는 않았을 것이다. 나와 형은 분필과 치즈니까.

난생처음으로 분필로 사는 것도 그리 나쁘지 않다는 생각이 들었다. 분필로는 글씨를 써서 서로 이야기를 나눌 수 있지 않은가. 치즈는 많이 먹어 봐야 살만 찌고 동맥 경화증에 걸릴 위험만 높아질 뿐이다.

"전 숙제하러 갈게요. 그리고 이제 블로그를 닫으려고요. 시위는 이쯤에서 그만두는 게 나을 것 같아요……."

엄마가 말했다.

"잭, 형 때문에 너까지 그럴 필요는 없어."

"사실은 오늘 아침에 형한테도 그만두고 싶다고 얘기했어요. 형이 며칠만 더 버텨 보라고 해서 참은 것뿐이에요. 그런데 이렇게 된 마당에 또 시위를 한다는 건 말이 안 돼요."

"그래, 무슨 말인지 알았어. 하지만 자신의 생각을 사람들 앞에서 또렷이 밝힐 수 있다는 건 훌륭한 일이야. 엄마랑 아빠는 우리 막내아들이 얼마나 자랑스러운지 몰라."

엄마의 눈가가 다시 촉촉해졌다. 나는 눈물이 나기 전에 얼른 방으로 올라갔다.

블로그를 닫기 전에 마지막 글을 올렸다. 개인적인 이야기를 솔직하게 들려준 사람들에게 이렇게라도 고맙다는 말을 전하고 싶었다. 마지막 글에는 댓글을 달 수 없도록 해 놓았다. 블로그를 닫는 이유에 대해서는 개인적인 사정 때문이라고만 간단히 설명했다.

다른 사람들에게 자세한 속내까지 밝히고 싶지는 않았다.

한동안 확인하지 못했던 댓글들을 읽으려고 스크롤을 쭉 내렸다. 성형 부작용에 대한 끔찍한 경험담에서 악플과 광고성 댓글까지 평상시와 별반 다를 바가 없었다. 이제는 그런 댓글들을 읽는 것만으로도 피로가 몰려왔다.

그러다 마지막 댓글을 본 순간, 눈이 번쩍 뜨였다.

알로하, 잭! 나, 이제 그만 우리 집으로 돌아가려고 해. 그리고 마이크가 꼭 전문가의 도움을 받았으면 좋겠어. 잭, 넌 참 좋은 아이야. 모든 일이 잘되길 바랄게.

—데이지 누나가

PS. 레아한테 얼른 연락해.

아, 데이지 누나한테 나는 결국 어린아이일 뿐이었다. 한숨이 푹 새어 나와서 컴퓨터를 그대로 꺼 버렸다. 형은 지금쯤 뭘 하고 있을까? 작은 방에 갇혀서 옆에 있는 수감자와 수다라도 떨고 있을까? 아니면 딱딱한 바닥에 궁상맞은 자세로 누워 있을까? 혹시 형편없는 밥으로 끼니를 때우고 있지는 않을까? 설마 그새를 못 참고 싸움질을 하고 있는 건 아니겠지?

무서운 생각들이 꼬리에 꼬리를 물고 이어졌다. 나는 아래층으로 후다닥 뛰어 내려갔다. 엄마와 아빠는 조금 전과 똑같이 식탁 앞에 마주 앉아 있었다. 식탁 위에는 코르크 마개를 따지 않은 포도주 한 병이 놓여 있었다.

나는 아빠 앞으로 다가가 힘겹게 입을 열었다.

"마지막으로 한 번만요."

아빠는 뜬금없는 내 말에 어리둥절한 표정을 지으며 되물었다.

"한 번만 뭘?"

"한 번만 더 형을 풀어 주자고요. 다 저 때문에 이렇게 된 거예요. 형이 저를 도우려다가 이렇게 된 거라고요. 이대로 교도소에서 썩게 내버려 둘 수는 없어요."

그제야 아빠가 피식 웃으며 말했다.

"잭, 네 형이 바다 건너 멀리 가 버린 것도 아니고……. 걱정하지 마. 오늘 하룻밤 유치장 신세 좀 지는 것뿐이야."

"그래도 갇혀 있는 건 마찬가지잖아요."

나는 엄마를 바라보며 말했다.

"엄마 생각은 어때요?"

"우리는……, 그러니까 엄마랑 아빠는 네 형한테 더 이상 일탈의 기회를 줘선 안 된다고 결론을 내렸……."

이번에는 내가 어이없다는 표정을 지을 차례였다.

“기회? 엄마가 무슨 심리 상담사예요? 언제부터 엄마가 그렇게 사람을 쉽게 놓아 버리셨는데요?”

엄마는 코로 숨을 깊이 들이마셨다가 입으로 천천히 내뱉었다. 요가 학원에서 몸을 이완시키는 데 좋다고 가르쳐 준 호흡법이었다.

엄마가 아빠를 보며 말했다.

“잭 말이 맞아, 여보. 거기 가둬 두는 게 마이크한테 무슨 도움이 되겠어? 일단 합의금을 내고 집으로 데리고 온 다음에 스미슨 선생님한테 가서 상담을 받아 보는 것이……. 당분간 우리와 함께 지내면서 상담을 받으면 마이크도 점차 나아질 거야.”

순간, 스미슨 선생님 앞에 앉아 우거지상을 짓고 있을 형을 생각하자 나도 모르게 웃음이 비어져 나왔다. 이게 바로 사랑의 매다. 스미슨 선생님한테 형 같은 건 한 주먹거리밖에 안 될 텐데. 역시, 형의 불행을 구경하는 것보다 재미있는 일은 이 세상에 더 없는 것 같다는 생각이 들었다.

“너는 지금 웃음이 나오니?”

엄마는 괜히 나무라는 척했지만, 얼굴에는 슬며시 미소가 번졌다. 나는 아빠를 보며 다시 말했다.

“솔직히 아빠도 좀 웃기지 않아요?”

어느새 아빠는 집을 나설 채비를 마쳤다. 아빠가 갑자기 뒤를 돌아보며 물었다.

"다 같이 갈까?"

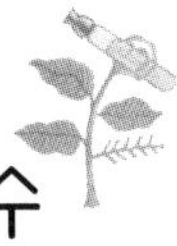

얍삽한 꼼수

안타깝게도 형이 곤욕을 치르는 모습을 놀려 줄 기회는 오지 않았다. 놀려 주기는커녕 얼굴을 보기도 힘들었다. 각종 언론사에서 걸려 오는 전화를 받느라 도무지 짬이 나지 않았기 때문이다.

어느 날 아침, 신문 일면에 대문짝만하게 이런 기사가 실렸다.

유명 성형 의사, 선의를 위해 메스를 내려놓다!

한 삼십 년 전쯤 찍었을 법한 젊은 마이어스 선생님의 사진 아래에는 이런 설명이 덧붙었다.

지금 이 순간부터 저는 생명을 위협하는 치명적 결함이 없는 한, 열아홉 살 이하의 청소년을 대상으로는 성형 수술을 하지 않겠습니다. 저는 감히 저의 동료 의사들에게도 제 뜻에 동참해 주실 것을 간곡히 부탁드립니다.

나에 대한 이야기나 새빨간 페인트 풍선에 관한 얘기는 눈을 씻고 찾아봐도 없었다. 기사에 나온 마이어스 선생님은 숭고하고 존엄해 보이기까지 했다. 자신이 취할 수 있는 이득을 모두 포기하고 어린이와 청소년들을 널리 보살펴 이 세상을 더욱 살기 좋은 곳으로 만들고자 노력하는 헌신적인 의사의 모습만 있을 뿐이었다.

그런데 희한하게도 그런 면이 없지 않아 있기는 했다. 물론 진심에서 우러나온 참회가 아니라, 당장의 고비를 벗어나기 위한 꼼수라는 것은 잘 알고 있지만.

의도와 과정이 어찌 됐든, 결과만 놓고 보면 앞으로 마이어스 선생님이 열일곱 살 소녀의 코에 함부로 손을 대는 일은 결코 없을 것이다. 그 자체만으로도 아주 의미 있는 일인 것은 분명했다. 여기까지가 신문사와 방송국에서 걸려 온 수많은 전화에 대한 내 대답이었다.

내 여자 친구, 레아

마이어스 선생님이 청소년 성형 수술을 중단하겠다고 공식적으로 선언한 뒤, 나에게는 비난과 칭찬이 동시에 쏟아졌다. 우리 학교의 몇몇 여자애들은 나를 대놓고 원망하며 손가락질을 했다. 그 여자애들의 남자 친구들도 내게 마구마구 야유를 보냈다.

칭찬은 주로 어른들에게서 들었다. 심지어 내가 무슨 노벨상 수상자라도 되는 듯 악수를 청하는 선생님도 있었다. 나는 순식간에 워런 고등학교의 스타로 떠올랐다. 어찌 됐든 나는 텔레비전에 나왔던 몸이니까. 그것도 한 번이 아니고 여러 번씩이나.

점심을 먹으러 식당에 가면, 여자애들이 같이 앉자며 나를 둘러쌌다. 향기 나는 연분홍빛 종이에 편지를 써서 보내는 애도 있었다. 괜히 까르르 웃으며 간식을 건네주는 애가 있는가 하면, 나랑 같이 집에 가려고 교문 앞을 서성이며 기다리는 애도 생겼다. 남자애들은 서로 자기들의 팀 수업에 나를 모셔 가려고 난리를 피웠다.

워런 고등학교의 팀 수업은 단순한 공부 모임이 아니었다. 무엇보다 오만방자하고 허세 넘치는 신고식으로 유명했다. 듣기로는 엄청 어려운 미적분 문제를 풀어내거나 중세 아이슬란드의 역사에 대한 논술 시험을 통과해야 한다고 했다. 괜스레 거만하게 굴려는 의도는 조금도 없었지만, 나는 모든 호의와 제안을 정중히 거절했다. 하루라도 빨리 별 볼일 없는 예전의 잭으로 돌아가고 싶었기 때문이다.

엄마는 그 또래 아이들은 무릇 변덕이 죽 끓듯 하니, 내일이면 새로운 관심거리를 찾아 떠나갈 거라며 나를 안심시켰다. 길어야 이틀이면 사그라질 관심이니까 조금만 더 참으라고 하면서.

내가 정말로 신경 쓰이는 사람은 딱 한 명뿐이었다. 코가 퉁퉁 붓고 두 눈에는 시퍼렇게 멍이 든 채 학교로 돌아온 레아. 여전히 나에게 말 한마디 걸지 않았지만, 어쨌든 레아는 다시 학교에 나오기 시작했다. 얼굴만 빼면 특별히 아픈 곳은 없는 것 같아 보여서 그나마 다행이었다.

이제 내가 해야 할 일은 단 한 가지뿐이었다. 어떻게 하면 다시 레아와 예전처럼 친한 친구가 될 수 있을지 연구하는 것! 첫 번째로 떠오른 생각은 팻말을 들고 레아네 집 앞에 서 있는 것이었다. 고민할 것도 없이 땡! 잘못하다가는 형처럼 경찰차를 타고 끌려갈지도 모르니까. 그렇게 되면 엄마와 아빠는 우리가 자식들을 잘못 키워도 한참 잘못 키웠다며 깊이깊이 자책하게 되겠지.

그다음에 떠오른 생각은 비행기를 이용해 하늘에다 글씨를 쓰는 거다. 그런데 그건 돈이 굉장히 많이 드는 데다, 그 순간에 레아가 하늘을 쳐다보지 않으면 말짱 도루묵이라서 별로였다.

차라리 장미 한 다발을 사 주는 건 어떨까? 이건 또 너무 진부하다. 편지는? 너무 약하다. 별이라도 하나 사서 레아의 이름을 붙여 줘야 하나……. 어째 머릿속에 떠오르는 생각들이 하나같이 너무 느끼하거나 허무맹랑한 것들뿐이었다.

그렇게 또 며칠이 흘러갔다. 점심을 먹기 전에 사물함에다 물건을 넣어 두려 복도를 어슬렁어슬렁 걸어가고 있었다. 바로 그때, 뭔가가 내 어깻죽지 사이를 퍽 하고 때렸다. 그것도 아주 세게!

나는 악 소리를 지르며 잽싸게 뒤를 돌아보았다. 그와 동시에, 사과 한 알이 툭 떨어지더니 바닥을 또르르 굴러갔다. 그러다 누군가의 발치에서 뚝 멈췄다. 고개를 들어 보니, 놀랍게도 레아였다.

레아는 팽팽하게 굳은 얼굴로 두 주먹을 꽉 움켜쥔 채 우뚝 서 있었다. 저건 레아가 마운드에 서 있을 때 짓는 표정인데……. 사납고 못되어 보일 정도로 뭔가에 집중하는 얼굴이었다. 이건 도무지 허투루 볼 수 없는 상황이었다. 며칠 내로 분명히 사과로 맞은 자리에 피멍이 들겠구나, 하는 생각이 직감적으로 들었다.

"야, 왜 아까운 음식을 버리고 그래? 아프리카에서는 지금 이 순간에도 굶어 죽는 애들 천지구먼."

"지금 장난해? 우리가 한 달 내내 말 한마디 안 하고 지냈는데, 넌 아프리카가 어쩌고 하는 소리가 나오니?"

나는 바닥에 떨어진 사과를 주워서 쓰레기통에 던져 넣었다.

"아니, 내 말은 그게 아니라……."

"너는 내가 어떻게 지내는지 조금도 궁금하지 않았어? 어쩌다 이렇게 멍이 들었는지, 그동안 학교에는 왜 못 나왔는지 걱정도 안 되었냐고!"

이게 무슨 개 풀 뜯어 먹는 소리? 나는 눈도 없는 줄 아나? 내가 순 바보로 보이냐고 따지고 싶은 걸 꾹꾹 눌러 참고는, 짐짓 아무렇지도 않은 척하며 이렇게 물었다.

"점심 같이 먹을래?"

어차피 이렇게 된 거, 제아무리 화가 나도 햄버거밖에 더 집어 던지겠나 싶어서였다. 그런데 뜻밖에도 레아가 순순히 대답했다.

"좋아. 하지만 나, 아직 화 안 풀렸어. 그렇게 얼렁뚱땅 넘어갈 생각 하지 마."

"아, 알았어."

그 후 우리는 식당으로 가서 음식을 받아 든 뒤, 자연스럽게 우리만의 벤치로 갔다.

내가 햄버거를 반쯤 먹어 치웠을 때, 레아가 요구르트 그릇을 내려놓으며 물었다.

"너희 형, 경찰에 갑혀갔다는 거 사실이야?"

"응, 근데 엄마 덕분에 금방 풀려났어. 요즘은 열심히 상담을 받고 있어, 한때 남자였던 여자 상담사 선생님한테."

레아의 눈이 휘둥그레졌다.

"진짜야?"

"응, 나도 본 적이 있어. 발이 엄청나게 큰 카메론 디아즈라고 생각하면 돼."

레아가 키득키득 웃다가 금세 얼굴을 찌푸렸다.

"아야……."

"많이 아파?"

"응, 그래도 많이 나아졌어. 지금은 웃을 때만 아프니까."

"내가 같이 있었으면 좋았을걸."

레아가 어깨를 으쓱했다.

"사실 같이 있는 거나 마찬가지였어. 신문을 봐도 뉴스를 봐도 온통 네 얘기뿐이었으니까. 솔직히 너한테 엄청 화나고 서운했는데, 결국은 네 말이 맞다 싶더라고. 그러다 별안간 이렇게 된 거야."

나는 태연한 얼굴로 자기 코를 가리키는 레아를 멀뚱멀뚱 바라보았다.

"별안간 이렇게 되는 수술이 어디 있냐? 그리고 내 말이 맞는다면서 수술은 왜 한 건데?"

"그 말인즉슨, 야구공에 코를 왜 얻어맞았냐고 묻는 거야? 설마 내가 응급 수술이 받고 싶어서 일부러 그랬겠어?"

갑자기 머리가 띵해졌다. 나는 생각을 가다듬고 겨우겨우 물었다.

"그러니까…… 성형 수술을 한 게 아니라고?"

레아가 나를 노려보며 말했다.

"방금 말했잖아. 야구공에 코를 정통으로 맞았다고. 다행히 마이어스 선생님이 고쳐 주셨어. 그러니까 엄밀히 따지면 수술을 하긴 한 거지. 하지만 절대로 일부러 한 건 아니야."

"다행이다. 아니, 네가 다친 게 다행이라는 말이 아니라 멀쩡한 코를 수술하지 않아서 다행이라고. 너도 내가 얼마나 예쁜 얼굴을 좋아하는지 알지? 그러니까 내 말은……."

말이 또 꼬이기 시작했다. 하지만 웃음이 자꾸 비죽비죽 새어 나왔다. 어쨌든 내 행동이 작은 변화를 가져온 것이다. 이건 결코 하찮거나 보잘것없는 일이 아니다. 레아도 자꾸 웃음이 나는 모양이었다.

"야, 웃기지 말라고! 나, 아직 너한테 화 안 풀렸어. 넌 내가 스스로 옳은 판단을 할 수도 있다는 생각은 안 해 봤어? 아예 덮어놓고 날 완전히 머리 텅텅 빈 바보 취급을 하더라?"

"그거야 네가 너무 신나고 들떠 보이니까……."

"설마 네가 텔레비전에라도 나오지 않으면, 내가 네 말을 안 들을 줄 알았니? 그래서 팻말을 들고 병원 앞으로 달려간 거야?"

"난 단지 네가 진실을 분명히 알기를 바랐던 것뿐이야."

"그건 알아. 하지만 우린 친구잖아. 내가 아무리 너 때문에 화가 나 있어도, 문자 메시지 정도는 보내 줄 수 있는 거 아니야? 넌 곧장 시위 태세로 들어갔잖아. 그게 얼마나……."

레아는 재빨리 고개를 돌렸다. 하지만 눈물이 그렁그렁한 눈을 숨기지는 못했다.

"얼마나 뭐……?"

레아는 나를 똑바로 보며 말했다.

"상처가 됐는지 알아? 모욕적이고 창피하고 속상했다고."

통통 부은 얼굴 위로 눈물이 주르르 흘러내렸다. 나는 단지 눈물을 닦아 주고 싶어서 레아의 얼굴로 손을 뻗었다. 레아가 내 손을 꼭 잡으며 볼멘소리를 했다.

"만지지 마. 그리고 따라 울기만 해 봐. 마이어스 선생님이 절대로 울면 안 된다고 했단 말이야. 울면 얼굴이 부어서 예쁘게 안 될지도 모른다고. 흐응, 코도 풀면 안 되는데……."

레아는 코를 훌쩍이며 가방을 뒤적이더니 화장지를 한 장 꺼내 얼굴을 살살 도닥였다. 그러면서 연방 앓는 소리를 냈다.

"아! 아! 아야! 너, 정말 웃기만 해 봐."

"안 웃어. 그리고 미안해. 정말 미안해, 레아. 그렇게 일을 크게 벌이려던 건 아니었어."

"내가 또 억울한 게 뭔지 알아?"

나는 고개를 저었다.

"너희 형이 체포되는 장면을 놓쳤다는 게 그렇듯 억울할 수가 없어. 정말로 통쾌했을 텐데. 너희 형, 진짜 재수 없단 말이야."

"뭐, 우리 형이 재수 없다고? 사람들, 특히 여자애들은 우리 형이라면 죄다 좋아하는 거 아니었어?"

"머리가 좋다고 인간성까지 좋은 건 아니야. 그 좋은 머리를 어떻게 쓰느냐가 중요한 거지. 너희 형은 머리가 아까워. 그에 비하면 차라리 네가 낫지."

"진짜?"

레아가 귀엽게 눈을 흘기며 말했다.

"한 대 맞기 싫으면 이쯤에서 입 다무시지."

일생일대 대박 사건

나는 오랜만에 노트북을 켰다. 그사이에 이메일이 여러 통 와 있었다. 맨 위쪽 메일부터 열었다. 우아, 브라보! 데이지 누나였다.

안녕, 잭?

집으로 돌아가기 전에 너한테 인사하고 싶었어. 나, 다시 토론토로 가서 학교에 다닐 거야. 그래, 나도 알아. 파도타기를 즐기던 천방지축 데이지와는 완전히 딴판이지? 한동안 신나게 놀았으니 다시 현실로 돌아와야지. 이젠 학교 수업과 시험, 학자금 대출 같은 것들이 날 기다리고 있겠다.

당분간은 부모님 집에서 지낼 거야. 우리 엄마, 아빠도 너희 부모님처럼 좋은 분들이거든. 우선은 전공 공부부터 마칠 생각이야. 환경 쪽인데 이 년만 더 다니면 졸업이니까. 그다음엔 대학원에 진학할까 해.

우리 학교에는 직업 연계 프로그램이 잘되어 있어. 그러니까 공부하면서 네가 있는 곳으로 가서 일을 할 수 있을지도 몰라. 그런 일이 생긴다면 꼭 너를 만나러 갈게.

나, 너한테서 참 많은 걸 배웠어. 정말이야. 청소년 성형 수술 반대 운동에 그토록 적극적인 너를 보면서 그동안 난 마이크와 뭘 하고 있었던 걸까, 하는 생각이 들더라. 마이크도 참 좋은 친구인 건 알지만, 가끔씩 자기가 하려는 일의 목적이 무엇인지 잊어버리는 것 같아서 안타까워.

아무튼 앞으로 모든 일이 잘되길 빌어 줘! 그리고 종종 연락하며 지내자. 아니면 또 뉴스에서 네 소식을 들을 수 있으려나?ㅋㅋㅋ

나는 설핏 미소를 지었다. 정말로 꼭(!) 데이지 누나와 다시 만나게 되기를 바라면서 그다음 메일을 클릭했다.

알로하, 꼬맹이!

인사도 못 하고 떠나서 미안. 어쩔 수가 없었어. 상담은 정말 내

스타일이 아니거든. 그리고 스미슨인지 뭔지 하는 그 상담사 있지? 완전 오싹해. 엄마랑 아빠는 쓸데없이 걱정이 많으신 것 같아. 아무튼 돈 훔쳐 가서 죄송하다고 전해 줘. 나중에 꼭 갚을 테니까.

야, 언제 여기 한번 놀러 와. 데이지보다 훨씬 예쁜 애들이 넘쳐나. 걔들하고 매일 파티도 할 수 있다. 난 이제 그만 가 봐야겠다. 인터넷 쓸 수 있는 시간이 얼마 안 되거든.

또 메일 보낼게.

크크, 누가 우리 형 아니랄까 봐서……. 형이 사고를 제대로 치고 사라진 뒤로, 우리 엄마 이마에 주름이 두 줄은 더 생겼다.

오, 다음은 아빠가 보낸 메일이었다.

잭, 한바탕 소동을 치렀으니 이제 다들 좀 편안해졌기를 바란다. 마이크가 또 집을 나갔다는 얘기는 엄마한테 들었어. 솔직히 별로 놀라지는 않았어. 그저 엄마가 걱정될 뿐이야. 이번에는 네 형이 집에 좀 붙어 있으면서 조용히 마음을 추스르기를 바랐거든. 다음엔 꼭 그렇게 되겠지?

여긴 아주 무덥고 후텁지근해. 에어컨도 없이 천장에 달린 선풍기 하나로 버티고 있다. 내일은 깊은 골짜기에 있는 마을까지 걸어서 들어가야 해. 아빠 잘할 수 있겠지?

우리 아들은 산 타는 거라면 질색이지만, 그래도 언제 한번 아빠가 있는 곳에 와 주면 좋겠다. 내년에 노르웨이로 가니까 거기서 만나도 좋고. 절대로 텐트 치고 야영하거나 등산하거나 야외 화장실 쓰는 일은 없을 거야. 약속할게.

친구도 한 명 데리고 와. 아빠가 일하는 동안은 친구랑 같이 놀면 좋잖아, 알겠지? 시간 나면 답장하고, 엄마 잘 보살펴 드려라.

아빠의 엄마 사랑은 여전히 변함이 없다. 음, 그런데 친구랑 같이 아빠가 있는 곳으로 오라고? 순간, 레아가 번쩍 떠올랐다. 단둘이서 여행을 하는 상상을 하자, 웃음이 실실 비어져 나오면서 온몸이 절로 찌르르해졌다.

그다음 메일은 뜻밖에도 VTV 방송국에서 보내온 것이었다.

안녕하세요?

올가을 VTV 방송국에서 실시하는 '고등학생 직업 체험 프로그램'에 대해 알려 드리려고 합니다. 이 프로그램은 바로 잭 군처럼 영특하고 열정적인 학생들을 위해, 저희 방송국에서 새로 개발한 것이랍니다. 방송국에서 일하며 새로운 경험을 쌓을 수 있는 기회로 활용하기를 바랍니다.

우선 이 프로그램에 참여하게 되면, 일주일에 열 시간씩 방송국 또는 취재 현장에서 실제 언론인들과 일하게 됩니다. 급여는 법정 최저 임금 수준으로 책정할 예정이며, 올 12월 셋째 주에 시작하여 내년 8월 둘째 주에 종료됩니다. 프로그램에 참가할 의사가 있다면 지금 바로 연락 주십시오.

야호! 이런 기회가 내게 주어지다니! 꿈에서조차 상상하지 못한 일이었다. 나는 흥분을 감추지 못하고 곧장 레아에게 이메일을 썼다. 자고로, 기쁜 소식은 여자 친구와 가장 먼저 나눠야 하는 법이니까!

레아, 나 방금 무슨 메일을 받았는지 알아? 완전 대박 사건이야! 나더러 VTV 방송국에서 같이 일해 보지 않겠냐는 거 있지? 고등학생 직업 체험 프로그램! 솔직히 돈은 쥐꼬리만큼 주는데, 그게 뭔 상관이겠어? 안 그래?

내가 지난번에 사람들을 엄청 감동시켰나 봐! 벌써 메일을 두 통이나 받았다니까? 여기서 중요한 건 두 사람 다 여자라는 거지. 그리고 아빠가 내년에 친구랑 같이 노르웨이로 놀러 오래. 진짜 잘됐지? 너랑 나랑 피오르 해안에 같이 가는 거야! 생각만 해도 멋지지 않냐?

알바 끝나면 우리 집에 와. 할 얘기가 너무 많아. 그리고 새 공책도 사러 가자. 아, 망했다. 이제는 기자들이 쓰는 공책 종류까지 조사해야 되잖아! 인터넷이 없었을 땐 어떻게들 살았을까?

아무튼 곧 만나.^^

플라스틱 소녀

첫판 1쇄 펴낸날 2016년 11월 14일
3쇄 펴낸날 2018년 10월 2일

지은이 사라 N. 하비 **옮긴이** 이혜인
펴낸이 박창희
편집 길유진 김수진 **디자인** 권은숙
마케팅 정주열 **회계** 양여진

펴낸곳 (주)라임
출판등록 2013년 8월 8일 제 406-2013-000091호
주소 경기도 파주시 회동길 57-9 파주출판도시 푸른숲 빌딩, 우편번호 10881
전화 031) 955-1820, 1821 **팩스** 031) 955-1825
이메일 lime@limebook.co.kr

ISBN 979-11-85871-50-9 44840
979-11-951893-0-4 (세트)

라임은 푸른숲의 자회사입니다.

* 잘못된 책은 구입하신 서점에서 바꾸어 드립니다.
* 본서의 반품 기한은 2023년 10월 31일까지입니다.

이 도서의 국립중앙도서관 출판시도서목록(CIP)은 e-CIP 홈페이지(http://seoji.nl.go.kr)와 국가자료공동목록시스템(http://www.nl.go.kr/kolisnet)에서 이용하실 수 있습니다.(CIP제어번호 : CIP2016026532)